Título original: *The Book of Dragons*
copyright © Editora Lafonte Ltda. 2023

Todos os direitos reservados.
Nenhuma parte deste livro pode ser reproduzida por quaisquer meios existentes sem autorização por escrito dos editores.

Direção Editorial Ethel Santaella

REALIZAÇÃO

GrandeUrsa Comunicação

Direção *Denise Gianoglio*
Tradução *Maria Beatriz Bobadilha*
Revisão *Luciana Maria Sanches*
Capa, Projeto Gráfico e Diagramação *Idée Arte e Comunicação*

```
      Dados Internacionais de Catalogação na Publicação (CIP)
               (Câmara Brasileira do Livro, SP, Brasil)

      Nesbit, Edith, 1858-1924
         O livro dos dragões / E. Nesbit ; tradução Maria
      Beatriz Bobadilha. -- São Paulo : Lafonte, 2023.

         Título original: The book of the dragons
         ISBN 978-65-5870-491-1

         1. Literatura infantojuvenil I. Título.

      23-169823                                      CDD-028.5
```

Índices para catálogo sistemático:

1. Literatura infantojuvenil   028.5
2. Literatura juvenil   028.5

Cibele Maria Dias - Bibliotecária - CRB-8/9427

Editora Lafonte
Av. Profª Ida Kolb, 551, Casa Verde, CEP 02518-000, São Paulo-SP, Brasil – Tel.: (+55) 11 3855-2100
Atendimento ao leitor (+55) 11 3855-2216 / 11 3855-2213 – atendimento@editoralafonte.com.br
Venda de livros avulsos (+55) 11 3855-2216 – vendas@editoralafonte.com.br
Venda de livros no atacado (+55) 11 3855-2275 – atacado@escala.com.br

E. NESBIT

O LIVRO DOS DRAGÕES

Tradução
Maria Beatriz Bobadilha

BRASIL 2023

Lafonte

SUMÁRIO

I.	O livro das feras	8
II.	Tio James ou o estranho roxo	26
III.	Os salvadores da pátria	46
IV.	O dragão de gelo ou faça o que lhes disserem	64
V.	A ilha dos nove redemoinhos	86
VI.	Os domadores de dragão	104
VII.	O dragão flamejante ou o coração de pedra e o coração de ouro	124
VIII.	Edmund, o bonzinho ou as cavernas e a cocatriz	142

A Rosamund,

soberana entre aqueles a quem essas fábulas são contadas, dedico O Livro dos Dragões, com a esperança confiante de que ela, algum dia, dedicará um livro de sua própria autoria a quem agora ordena que oito dragões tenebrosos se prostrem humildemente diante de seus pezinhos morenos.

I

O LIVRO DAS FERAS

Estava empenhado em construir um palácio quando as notícias chegaram, e todos os tijolos foram largados ao chão para que a governanta os arrumasse — mas eram notícias, de fato, extraordinárias. A princípio, bateram à porta principal, um burburinho se desenrolou no andar de baixo, e Lionel pensou que algum serviçal se apresentava para consertar o fogão, que não acendia desde quando usara o suporte do gás para amarrar uma corda e brincar de balanço.

No entanto, a governanta apareceu, e disse:

— Senhor Lionel, meu querido, vieram buscá-lo para coroá-lo rei.

De imediato, a mulher se apressou para trocar a bata, pentear o cabelo, lavar o rosto e as mãos do menino; porém, Lionel não parava de se remexer e tentar escapar, dizendo:

— Ah, não, governanta! Minhas orelhas já estão bem limpas… e não mexa no meu cabelo, está bom assim! Basta!

— Até parece que o senhor vai se tornar uma minhoca inquieta, não um rei soberano!

Assim que a mulher baixou a guarda, Lionel saiu em disparada sem ao menos esperar pelo lenço limpo. Na sala de estar, encontrou dois cavalheiros sisudos, com capas vermelhas de pele legítima e diademas dourados, cingidos por veludo branco, como o recheio de creme numa torta caríssima.

Após uma longa reverência a Lionel, o mais sério, enfim, declarou:

— Milorde, o seu tatatatataravô, rei desta nação, faleceu. Sendo assim, o senhor deve nos acompanhar e assumir o trono.

— Sim, senhor. Por favor, diga-me quando começo — respondeu Lionel.

— O senhor será coroado hoje à tarde — informou o segundo cavalheiro, um pouco menos sisudo do que o primeiro.

— A governanta deverá me acompanhar? A que horas gostariam de me buscar? Não seria melhor vestir o paletó de veludo com gola de renda? — indagou Lionel, acostumado a sair apenas para o chá da tarde.

— A governanta será levada ao palácio mais tarde. E não se preocupe em trocar de roupa, o manto real ficará por cima.

Em seguida, os cavalheiros sisudos o conduziram até a carruagem, puxada por oito cavalos brancos, parada em frente à casa de Lionel. Era a de número sete, do lado esquerdo para quem sobe a rua. No último segundo, o menino correu para o andar de cima, deu um beijo na governanta, e disse:

— Obrigado por me lavar. Devia ter deixado limpar a outra orelha. Não... agora não dá mais tempo. Só falta pegar o lencinho. Adeus, minha governanta.

— Adeus, pequenino — respondeu a mulher. — Seja um reizinho comportado! Não se esqueça de dizer "por favor" e "obrigado", lembre-se de dividir o bolo com as meninas mais novas, e não se sirva mais de duas vezes.

Então, Lionel partiu para se tornar rei. Assim como você, ele nunca imaginou que se tornaria rei, por isso, tudo era completamente novo — tão novo que ele nem sequer havia cogitado essa possibilidade. Enquanto a carruagem atravessava a cidade, Lionel mordia a própria língua para ter certeza de que tudo era real. Se doesse, saberia que não estava sonhando. Meia hora antes, construía um castelo de tijolinhos no quarto de brinquedos; mas, agora, as ruas estavam tomadas de bandeiras esvoaçantes, pessoas se apinhavam nas janelas, acenando com lenços e arremessando flores, inúmeros soldados vermelhos se espalhavam pelas calçadas, e todos os sinos de todas as igrejas soavam num ritmo frenético. Como numa poderosa canção, o menino ouvia o repique dos campanários se misturar ao coro de milhares de pessoas, que gritavam: "Vida longa a Lionel! Vida longa ao nosso reizinho!".

No começo, ele ficou um pouco chateado por não ter vestido suas melhores roupas, contudo, logo deixou essa preocupação de lado — se fosse uma menina, provavelmente teria ficado incomodado até o fim do evento.

Durante o percurso, um dos cavalheiros sisudos se apresentou como chanceler, o outro como primeiro-ministro, e os dois explicaram diversos assuntos que Lionel desconhecia.

— Pensei que fôssemos uma república — disse o menino. — Sei que não temos rei há algum tempo.

— Milorde, o seu tataratataravô morreu quando o meu avô ainda era criança. — disse o primeiro-ministro. — Desde então, seu povo leal tem juntado dinheiro para lhe comprar uma coroa. Recebemos uma quantia semanal, a depender das condições da pessoa: desde seis centavos dos mais abastados até meio centavo dos mais miseráveis. Como deve saber, a lei manda que a coroa seja paga pelo povo.

— Mas o meu tata-sei-lá-quantos-tata-ravô não tinha uma coroa?

— Tinha, mas mandou banhá-la em latão para evitar a vaidade. Também retirou todas as pedras cravejadas e as vendeu para comprar livros. Era um sujeito peculiar. Um bom rei, certamente, mas tinha seus defeitos... Era fanático por livros. Já estava à beira da morte quando mandou banhar a coroa, e não viveu o suficiente para pagar o latoeiro — concluiu o primeiro-ministro, deixando escapar uma lágrima.

No instante seguinte, a carruagem parou, e o menino foi retirado para a coroação. Ser coroado é muito mais cansativo do que se imagina, e, no fim da cerimônia, depois de ter usado o manto real por mais de uma hora e tido a mão beijada por todos que deveriam beijá-la, Lionel estava exausto, e se alegrou ao entrar no quarto de brinquedos do palácio.

Ali reencontrou sua governanta, e a mesa do chá já estava posta: bolo de sementes e de ameixa, torrada com geleia, pão com manteiga derretida e chá genuíno à vontade; tudo servido na louça mais bonita do palácio, com flores vermelhas, douradas e azuis desenhadas.

Após a refeição, Lionel disse:

— Acho que gostaria de ler um livro. Pode me trazer um?

— Valha-me Deus! — exclamou a governanta. — Por acaso, o mocinho perdeu as pernas só porque virou rei? Vá logo, pegue os livros sozinho.

Então desceu até a biblioteca, onde também estavam o primeiro-ministro e o chanceler. Os dois cavalheiros fizeram uma longa reverência assim que o menino apareceu, e estavam prestes a perguntar, com educação, por que diabos o reizinho estava ali, perturbando, quando Lionel exclamou:

— Meu Deus, que imensidão de livros! Eles são seus?

— São todos seus, Vossa Majestade — respondeu o chanceler. — Eram propriedade do antigo rei, seu tata...

— Sim, já sei — interrompeu Lionel. — Bom, vou ler todos. Eu amo ler. Fico tão feliz por ter aprendido a ler.

— Se Vossa Majestade me permite um conselho — disse o primeiro-ministro —, eu não leria esses livros. Seu tata...

— O que tem ele? — interrompeu Lionel, com pressa.

— Ele era um ótimo rei... ah, sim, à sua maneira era um rei muito superior, mas também era um pouco... bem, peculiar.

— Louco? — sugeriu Lionel, em tom de brincadeira.

— Não, isso não! — ambos os cavalheiros negaram depressa, bastante espantados. — Louco não, mas... como posso dizer... ele era esperto até demais. E eu não gostaria que um reizinho meu tivesse qualquer coisa a ver com esses livros.

Lionel pareceu confuso.

— A verdade é que — prosseguiu o chanceler, enrolando a barba ruiva num sinal de agitação — o seu tata...

— Continue — ordenou Lionel.

— ... era chamado de feiticeiro.

— Mas não era?

— Ora, claro que não... era um rei muito admirável o seu tata...

— Entendi.

— Mas eu não relaria nos livros dele...

— Só neste! — gritou Lionel, apoiando as mãos na capa de um grande livro marrom em cima da escrivaninha. O exemplar tinha desenhos dourados no couro envelhecido, fechos dourados, com turquesas e rubis, além de cantoneiras douradas que evitam o desgaste do couro.

— Preciso dar uma olhada neste aqui — disse Lionel. Na capa, em letras garrafais, ele leu: *O Livro das Feras*.

E o chanceler retrucou:

— Não seja um reizinho tolo.

Entretanto, Lionel já destravava os fechos dourados e abria na primeira página, na qual uma linda borboleta vermelha, marrom, amarela e azul exibia pinceladas tão belas, que parecia estar viva.

— Vejam! — exclamou Lionel. — Não é adorável? Por que...

De repente, enquanto o menino ainda falava, a linda borboleta bateu as asas coloridas na página antiga e amarelada, alçou voo e saiu pela janela.

— Uau! — exclamou o primeiro-ministro ao recuperar o fôlego. Um nó de espanto fechara sua garganta e tentava sufocá-lo. — Isso é mágica, é sim.

Mas antes que acabasse de falar, o rei já tinha virado a próxima página, e ali havia um pássaro reluzente, intacto e deslumbrante a cada uma das inúmeras penas azuis. Logo abaixo, estava escrito: "Pássaro Azul do Paraíso". E, enquanto o rei contemplava a fascinante ilustração, encantado com tamanha beleza, o pássaro azul bateu as asas na página amarelada, esticou-as e saiu voando.

O primeiro-ministro, então, tomou o livro das mãos do menino, fechou-o na página em branco de que a ave saíra, e o guardou na prateleira mais alta. Enquanto isso, o chanceler deu um bom chacoalhão no rei, e esbravejou:

— Você é um reizinho malcriado e desobediente! — parecia realmente nervoso.

— Não acho que tenha causado mal algum — respondeu Lionel. Como qualquer criança, detestava ser chacoalhado, preferia ter levado um tapa.

— Você acha!? — indagou o chanceler. — E o que você sabe sobre isso? Essa é a questão. Como sabe o que poderia estar na página seguinte? Uma cobra ou uma minhoca... uma centopeia, um revolucionário ou algo do gênero?

— Bem, sinto muito se aborreci o senhor — respondeu Lionel. — Por favor, me dê um abraço e volte a ser meu amigo.

O menino, então, abraçou o primeiro-ministro, e os dois se sentaram para uma partida tranquila de jogo da velha, enquanto o chanceler retornava aos cálculos.

Mais tarde, o reizinho se deitou na cama, mas não pregou os olhos. Só conseguia pensar no tal livro, e, quando a lua cheia já brilhava com todo seu fulgor e esplendor, ele se levantou, caminhou de mansinho até a biblioteca, escalou as prateleiras e pegou *O Livro das Feras*.

Refugiou-se na varanda, onde o luar irradiava como a luz do dia, e abriu o livro. Primeiro observou as páginas vazias, com as legendas "Borboleta" e "Pássaro Azul do Paraíso" no rodapé, e, depois, virou a próxima página. Para sua surpresa, encontrou uma criatura vermelha sob uma palmeira, e, logo abaixo, estava escrito: "Dragão". A imagem não se mexeu, o rei fechou o livro depressa, e voltou para a cama.

No dia seguinte, quis dar outra espiada no livro, e o levou até o jardim. Ao destravar os fechos com rubis e turquesas, o livro se abriu sozinho, bem na figura descrita como "Dragão", e um raio de sol iluminou a página. De repente, um imenso Dragão Vermelho saiu da folha, abriu enormes asas escarlates, e sobrevoou o jardim, rumo às colinas remotas. O reizinho ficou ali, com a página praticamente vazia diante dele, exceto pela palmeira verde, o deserto amarelo e as suaves manchas avermelhadas em que o pincel ultrapassara o contorno a lápis do Dragão Vermelho.

Só então Lionel se deu conta do que fizera. Era rei havia menos de vinte e quatro horas, e já tinha soltado um Dragão Vermelho para perturbar a vida de seus súditos fiéis. E eles tinham passado tanto tempo economizando para lhe comprar uma coroa e tudo mais!

Lionel caiu no choro.

No mesmo instante, o chanceler, o primeiro-ministro e a governanta saíram correndo para ver o que estava acontecendo. Quando viram o livro aberto, entenderam, e o chanceler vociferou:

— Seu reizinho malcriado! Governanta, tranque-o sozinho no quarto, para pensar no que fez.

— Meu senhor, talvez devêssemos primeiro descobrir exatamente o que ele fez — sugeriu o primeiro-ministro.

Em prantos, Lionel confessou:

— Era um Dragão Vermelho... e ele voou para as colinas... Eu sinto muito! Ah, por favor, perdoem-me!

Mas o primeiro-ministro e o chanceler tinham preocupações mais urgentes do que perdoar o menino, então correram chamar a polícia e ver o que poderia ser feito. Cada um ajudou como pôde. Dividiram-se em grupos e ficaram de guarda, à espera do dragão; porém, ele permaneceu escondido nas colinas, e não havia mais nada a ser feito. Enquanto isso, a fiel governanta não fugiu de sua obrigação. Talvez tenha feito mais do que todos, pois deu um tapa no rei, colocou-o na cama de barriga vazia e, ao anoitecer, não lhe deu nenhuma vela com a qual pudesse ler.

— Você é um reizinho malcriado. Ninguém vai te amar se continuar assim.

No dia seguinte, o dragão continuava quieto, embora os súditos mais poéticos conseguissem enxergar sua vermelhidão despontar em meio ao verde das árvores.

E Lionel, enfim, colocou a coroa, sentou-se no trono e anunciou que gostaria de criar algumas leis.

Nem preciso dizer que, embora o primeiro-ministro, o chanceler e a governanta não confiassem no bom senso do menino, e até batessem nele ou o mandassem para a cama, no instante em que se sentou no trono e colocou a coroa, Lionel se tornou infalível — tudo que dizia era certo, estava isento de erros. Assim, declarou:

— É preciso haver uma lei que proíba as pessoas de abrir livros nas escolas ou em qualquer outro lugar.

O reizinho teve o apoio sincero de metade dos súditos, enquanto a outra parte, a metade adulta, fingiu concordar. Em seguida, criou uma lei que garantia comida a todos, sem exceção. Naturalmente, isso agradou todo mundo, exceto aqueles que sempre tiveram muito.

E, depois de criar e decretar outras boas leis, o menino voltou para casa e fez várias casinhas de lama. Com um sorriso de orelha a orelha, ele disse à governanta:

— Agora que criei um monte de leis generosas, as pessoas vão me amar.

Mas a mulher respondeu:

— Não ponha a carroça na frente dos bois, meu querido. Primeiro, precisa lidar com o dragão, e ainda nem tivemos sinal dele.

Bem, no dia seguinte, um sábado, o dragão apareceu no fim da tarde. Sobrevoando os plebeus com sua tenebrosa vermelhidão, capturou jogadores de futebol, árbitros, traves, bola e tudo mais.

É claro que o povo se revoltou, e por todos os cantos diziam:

— Deveríamos ser uma república! Depois de tantos anos economizando para lhe comprar uma coroa!

Os mais sábios apenas abanavam a cabeça, prevendo um declínio no amor nacional pelo esporte — e o futebol de fato deixou de ser popular por um bom tempo.

Na semana seguinte, Lionel deu o melhor de si para ser um bom rei, e as pessoas começavam a perdoá-lo por ter deixado o dragão escapar do livro.

— No fim das contas, o futebol é um jogo perigoso. Talvez seja melhor parar de incentivá-lo — disseram.

A opinião popular era de que os jogares de futebol, por serem fortes e durões, ameaçavam tanto o dragão que ele fugira para um lugar onde as pessoas só brincavam de cama de gato ou jogos que não exigem força e resistência.

Ainda assim, o parlamento se reuniu na tarde de sábado, o horário mais conveniente para a maioria dos membros, a fim de tratar da questão do dragão. Mas o dragão, que estava apenas adormecido, acordou porque era sábado, e infelizmente tratou da questão do parlamento. Como nenhum membro se salvou, tentaram compor um novo parlamento, contudo, os parlamentares se tornaram tão impopulares quanto os jogadores de futebol, e ninguém quis se eleger. Assim, tiveram que seguir sem um parlamento.

Quando o sábado seguinte chegou, todos ficaram meio apreensivos, mas o Dragão Vermelho estava bem tranquilo e comeu apenas um orfanato. Lionel estava tão, tão infeliz. Ele sabia que sua desobediência causara todo o problema com o parlamento, o orfanato e os jogadores de futebol, e sentia a obrigação de tentar fazer algo. Mas a questão era: o que fazer?

O pássaro azul que saíra do livro costumava cantar uma bela melodia no roseiral do palácio, e a borboleta era tão mansa que pousava no ombro do reizinho enquanto ele caminhava em meio aos lírios grandiosos. Só então Lionel percebeu que nem todas as criaturas do *Livro das Feras* eram malvadas como o dragão, e pensou: "E se eu conseguisse libertar uma fera que lutasse contra o dragão?".

Com isso em mente, levou o *Livro das Feras* ao roseiral e o abriu na página seguinte à do Dragão Vermelho — mas bem pouquinho, o suficiente para espiar o nome. Até conseguiu ler a terminação "cora", porém logo sentiu o meio da página inchando com a criatura que tentava escapar, então teve que colocar o livro no chão e se sentar na capa, com muita força, para conseguir fechá-lo. Por fim, travou os fechos adornados com rubis e turquesas.

No instante seguinte, chamou o chanceler, que estava doente desde sábado, e não fora devorado com o restante do parlamento, e perguntou:

— Que animal termina em "cora"?

— O manticora, claro — respondeu o chanceler.

— Como ele é? — indagou o rei.

— Ele é inimigo declarado dos dragões. Adora beber o sangue deles. É amarelo, com corpo de leão e cabeça humana. Quem dera tivéssemos alguns manticoras agora... mas o último morreu há centenas de anos, que azar!

Sem pensar duas vezes, o reizinho saiu correndo e abriu o livro na página em que lera "cora" — e lá estava a criatura amarela, com corpo de leão e cabeça humana, exatamente como o chanceler dissera. Debaixo da imagem, estava escrito: "Manticora".

Em poucos minutos, o animal saiu sonolento do livro, esfregando os olhos com as patas e miando com pesar. Parecia uma criatura muito estúpida. Lionel até lhe deu um empurrão e ordenou que lutasse contra o dragão, mas ele apenas enfiou o rabo entre as pernas e fugiu, indo se esconder atrás da prefeitura. No meio da noite, enquanto todos dormiam, devorou todos os gatinhos da cidade e, depois, miou como nunca. Só no sábado de manhã, quando as pessoas já estavam receosas de sair, porque o dragão não tinha hora exata para aparecer, o manticora tomou coragem de perambular pelas ruas, bebendo todo o resto de leite das latas à porta das casas — o leite reservado para o chá. Não satisfeito, comeu as latas também.

E justo quando terminou de beber os últimos centavos da última lata, cuja medida já estava adulterada porque o leiteiro andava meio abalado, o Dragão Vermelho desceu a rua à procura do manticora — que logo se esquivou ao vê-lo chegar, pois não era do tipo que encarava dragões. Sem encontrar uma única porta aberta, a pobre criatura amedrontada se refugiou no correio central; e foi ali que o dragão o encontrou, tentando se esconder no meio das correspondências da manhã. A fera saltou para cima do manticora, e as correspondências não lhe serviram de escudo. Os miados foram ouvidos por toda a cidade — os gatinhos e o leite pareciam ter fortalecido seu miado.

Por fim, um triste silêncio se alastrou. Das janelas dos sobrados, os vizinhos do correio central flagraram o dragão descendo a escadaria cuspindo fogo e fumaça, tufos de pelo do manticora e pedaços de cartas registradas. A situação ficava cada vez mais séria. Por mais popular que o rei fosse durante a semana, no sábado, o dragão certamente faria algo para frustrar a lealdade do povo.

O dragão foi um verdadeiro incômodo pelo resto do sábado, exceto ao meio-dia, quando teve que descansar sob uma árvore para não se incendiar com o calor do sol. Veja bem, ele já era muito quente por si só.

E, enfim, chegou o sábado em que o dragão entrou nos aposentos reais, para roubar o cavalinho de balanço do rei. Lionel chorou por seis dias seguidos e, no sétimo, estava tão cansado, que precisou parar. Ao observar o pássaro azul cantando entre as roseiras e a borboleta flutuando sobre os lírios, ele disse:

— Governanta, seque as minhas lágrimas, por favor. Não vou mais chorar.

A mulher, então, limpou-lhe o rosto e pediu que parasse de ser um reizinho tolo.

— Chorar nunca fez bem a ninguém — ela disse.

— Não sei... — respondeu o menino — agora que chorei por uma semana, parece que enxergo e ouço melhor. Enfim, minha querida governanta, sei o que devo fazer. Dê-me um abraço, para o caso de eu nunca mais voltar. Eu *preciso* tentar salvar o povo.

— Bom, se precisa tentar, tente. Mas não rasgue as roupas nem molhe os pés.

E Lionel se foi.

O pássaro azul cantava a mais doce melodia e a borboleta brilhava como nunca quando Lionel levou o *Livro das Feras* mais uma vez ao roseiral e o abriu apressado, antes que sentisse medo e mudasse de ideia. O livro caiu aberto, quase na metade e, no fim da página, estava escrito "Hipogrifo". Antes que o menino sequer tivesse a chance de identificar a ilustração, ouviu um tremor de asas, um bater de cascos, um relinchar dócil, suave e amigável. Do livro saltou um cavalo branco, deslumbrante, com uma imensa crina branca, uma longa cauda branca e asas enormes, imponentes como as de um cisne. Tinha o olhar mais afetuoso do mundo, e ficou ali parado entre as roseiras.

Alguns segundos depois, o hipogrifo esfregou o bico esbranquiçado e macio como seda no ombro do rei, que pensou: "Tirando as asas, você lembra muito o meu pobre cavalinho de balanço". E a melodia do pássaro azul estava ainda mais alta e doce.

De repente, surgiu no céu a figura gigantesca, isolada e maligna do Dragão Vermelho, então Lionel soube o que fazer. Sem hesitar, pegou o *Livro das Feras*, pulou nas costas do gentil hipogrifo e se inclinou para sussurrar ao ouvido branco e aguçado:

— Voe, querido hipogrifo, o mais rápido possível até o Deserto Pedregoso.

Ao vê-los levantar voo, o dragão deu meia-volta e começou a persegui-los, batendo as asas imensas, avermelhadas como nuvens ao entardecer, enquanto o hipogrifo reluzia o sol, como uma bela nuvem alva à luz da lua.

E bastou que algumas pessoas vissem o dragão perseguir o hipogrifo e o rei para que todos saíssem das casas num instante, atraídos pela corrida celestial. E, quando os viram desaparecer na imensidão, imaginaram o pior, e começaram a pensar nos trajes para o velório real.

Mas o dragão não conseguiu alcançar o hipogrifo. As asas vermelhas eram maiores do que as brancas, mas não tão fortes. O cavalo alado voou para longe, longe e longe, com o dragão sempre atrás, até pousar bem no meio do Deserto Pedregoso.

Veja, o Deserto Pedregoso é como os trechos do litoral onde não há areia, somente pedrinhas redondas, lisas e movediças, sem grama ou árvore por centenas de quilômetros.

Lionel, então, saltou do cavalo branco, abriu depressa o *Livros das Feras* e o deixou no chão pedregoso. Deslizando nas inúmeras pedrinhas, ele correu desesperado e, assim que montou no cavalo, o dragão chegou. Parecia debilitado, voando com muito esforço, e procurava desesperadamente alguma árvore, pois já era meio-dia e o sol brilhava como uma moeda de ouro no céu azul — mas não havia uma única sombra por centenas de quilômetros.

O cavalo alado voava e voava ao redor do dragão, que se contorcia nas pedras áridas e ficava cada vez mais quente. Estava tão quente, que alguns membros começaram a soltar fumaça, e sabia que certamente pegaria fogo em minutos, a menos que encontrasse uma árvore. Até tentou golpear o rei e o hipogrifo com as garras rubras, porém estava fraco demais para alcançá-los, e evitou fazer muito esforço, por medo de ficar ainda mais quente.

E foi então que viu o *Livro das Feras* no solo pedregoso, aberto na página com a legenda "Dragão" na parte inferior. Ele olhou e hesitou. Olhou de novo e, num derradeiro acesso de raiva, contorceu-se para dentro da figura e se sentou sob a palmeira. Imagine, a página acabou ficando meio chamuscada depois que ele entrou!

E, quando Lionel se deu conta de que o dragão fora obrigado a entrar no livro e se refugiar em sua própria palmeira, a única árvore disponível, ele saltou do cavalo e fechou o livro com um golpe.

— Ah, viva! — comemorou. — Até que enfim conseguimos!

Travou o livro com toda a força, apertando bem os fechos com turquesas e rubis.

— Ah, meu precioso hipogrifo! — exclamou. — Você é o mais corajoso, querido, encantador...

— Xiu! — sussurrou o animal, com discrição. — Não percebeu que não estamos sozinhos?

De fato, havia uma multidão no Deserto Pedregoso: o primeiro-ministro, os parlamentares, os jogadores de futebol, os órfãos, o manticora, o cavalinho de balanço... enfim, todo mundo que tinha sido devorado pelo dragão. Como seria impossível levá-los para dentro do livro — era apertado até mesmo para um único dragão —, teve que deixá-los do lado de fora.

No fim, todos conseguiram chegar em casa de alguma forma e viveram felizes para sempre.

Quando o rei lhe perguntou onde gostaria de morar, o manticora implorou para voltar ao livro.

— Não gosto muito da vida pública — argumentou.

É claro que sabia o caminho de volta à própria página, então não correu o risco de abrir o livro na folha errada e soltar outro dragão ou algo do gênero. Assim, retornou à figura, e nunca mais saiu. É por isso que você jamais verá um manticora, a não ser num livro ilustrado. E, não se preocupe, os gatinhos também ficaram do lado de fora, já que não havia espaço para eles no livro — muito menos para as latas de leite.

Mais tarde, o cavalinho de balanço implorou para morar na página do hipogrifo.

— Eu adoraria viver num lugar onde nenhum dragão conseguisse me alcançar.

Então, o belo hipogrifo de asas brancas lhe mostrou o caminho, e ali o cavalinho permaneceu até que o rei Lionel o tirasse para que seus tatatatataranetos brincassem com ele.

Quanto ao hipogrifo, ele aceitou o posto de Cavalo Real, que ficara disponível com a aposentadoria do cavalinho de madeira. Por fim, o pássaro azul e a borboleta até hoje voam pelos lírios e roseiras dos jardins do palácio.

II.

TIO JAMES
OU O ESTRANHO ROXO

A princesa e o filho do jardineiro brincavam no quintal.

— O que vai fazer quando crescer, princesa? — perguntou o menino.

— Eu gostaria de me casar com você, Tom — disse a princesa. — Você se importaria?

— Não... não me importaria — respondeu o filho do jardineiro. — Podemos nos casar, se você quiser... e se eu tiver tempo.

Quando crescesse, o filho do jardineiro pretendia ser general, poeta, primeiro-ministro, almirante e engenheiro civil. Para isso, tirava as melhores notas em todas as matérias da escola, principalmente em geografia.

Quanto à princesa Mary Ann, ela era uma garota muito boazinha, todos a amavam. Era sempre gentil e educada, até mesmo com seu tio James e outras pessoas de quem não gostava muito. Embora Mary Ann não fosse tão inteligente para uma princesa, sempre se esforçava para fazer as lições de casa. Mesmo que você saiba muito bem que não consegue fazer as lições, é preciso tentar — vai que, por um feliz acaso, acaba descobrindo que *já estão* feitas.

Acima de tudo, a princesa tinha um bom coração e tratava seus animais com muito carinho. Ela nunca batia no hipopótamo quando ele quebrava alguma boneca com seu jeito brincalhão, tampouco se esquecia de alimentar os rinocerontes na pequena gaiola no quintal. O elefante era bem apegado à menina, e Mary Ann, às vezes, enlouquecia a governanta ao levar o querido bichinho escondido para a cama. No outro dia, acordava com a longa tromba acomodada em seu pescoço, e a cabeça fofinha aconchegada na orelha direita de Vossa Alteza.

Quando a princesa se comportava bem durante toda a semana — porque, como toda criança saudável, às vezes era travessa, mas nunca malcriada —, a governanta permitia que convidasse os amiguinhos na quarta-feira de manhã e passasse o dia com eles, já que a quarta-feira é o fim da semana naquele país. À tarde, quando todos os pequenos duques e duquesas, marqueses e condessas acabavam de comer o arroz-doce e lavavam o rosto e as mãos, a governanta dizia:

— Meus queridos, o que gostariam de fazer? — como se não soubesse a resposta.

E a resposta era sempre a mesma:

— Ah, vamos ao jardim zoológico! Quero andar no porcão-da-índia, alimentar os coelhos e ouvir o ronco do gambá dorminhoco!

Então, tiravam os babadores e partiam para o zoológico, onde vinte deles montavam de uma só vez no porcão-da-índia, e até os menores conseguiam alimentar os coelhos se algum adulto fizesse a gentileza de erguê-los. Sempre havia alguém para ajudá-los, porque em Rotundia todo mundo é gentil, exceto uma única pessoa.

Se você leu até aqui, com certeza notou que o reino de Rotundia era um lugar extraordinário. Aliás, se for uma criança atenciosa — como seguramente é —, nem preciso dizer qual era a coisa mais extraordinária. Mas, caso não tenha prestado muita atenção — e é possível que não tenha mesmo —, direi de uma vez por todas qual era a coisa mais extraordinária: *todos os animais eram do tamanho errado!*

E foi assim que aconteceu:

Há muito, muito, muito tempo, quando o nosso mundo não passava de uma mistureba de terra, água, ar e fogo, como um grande pudim que girava sem parar, na tentativa de ordenar as coisas em seus devidos lugares, um pedaço redondo de terra se desprendeu e saiu rolando sozinho pela água, que ainda tentava se ajeitar como um mar de verdade. Enquanto esse grande pedaço de terra se afastava, girando e girando com toda a força, ele esbarrou em um longo pedaço de rocha que se soltara de outra parte da mistura molenga. E essa rocha era tão rígida e veloz, que sua ponta atravessou todo o pedaço de terra, de modo que os dois se tornaram uma espécie de pião gigantesco.

Lamento que tudo isso seja meio chato, mas você sabe como a geografia pode ser entediante. No fim das contas, até mesmo um mundo de fantasia precisa de determinadas descrições — como uma espécie de fermento, essencial ao crescimento do bolo.

Bom, quando a rocha pontuda atravessou a bola de terra, o choque foi tão grande, que fez com que saíssem rolando pelo ar — que também se dirigia ao seu devido lugar, como o restante das coisas. Por obra do acaso, o imenso pião se esqueceu do caminho que deveria seguir, e começou a girar para o lado errado; então, o senhor Centro da Gravidade — um gigante enorme, que administrava todo o negócio — acordou no meio da bola de terra e começou a resmungar:

— Chega disso! Você não vai descer e se aquietar?

Assim, a pedra cravada na bola de terra caiu no mar, e sua ponta encaixou num buraco que a fixou perfeitamente no fundo pedregoso do oceano. Ali, ela ainda rodou sete vezes para o lado errado, até que finalmente parou. Milhares de anos depois, aquele pedaço redondo de terra se tornaria o reino de Rotundia.

E aqui termina a aula de geografia. Agora, sem perder muito tempo, vejamos um pouco de história natural. Está claro que a maior consequência da rotação inversa da ilha foi o crescimento anormal dos animais que começaram a surgir ali. O porcão-da-índia, como você já percebeu, era grande como nossos elefantes — enquanto os elefantes eram bichinhos adoráveis, do tamanho daqueles cachorrinhos brincalhões, de pelagem preta e marrom, que algumas madames carregam na bolsa. Já os coelhos eram do tamanho dos nossos rinocerontes e, em todas as regiões selvagens da ilha, escavavam tocas imensas, maiores do que os túneis de nossas estradas. Mas o gambá era certamente a criatura mais gigantesca. Não consigo nem sequer descrever sua grandiosidade. Nem mesmo a grandeza dos nossos elefantes bastaria para conceber seu tamanho. Por sorte, existia apenas um dessa espécie, e ele estava sempre adormecido — caso contrário, os moradores de Rotundia não teriam suportado. Até fizeram uma casa para ele, e isso reduziu as despesas com as bandas de sopro, já que era impossível ouvir qualquer outra banda quando o gambá falava enquanto dormia.

Quanto aos homens, às mulheres e às crianças dessa terra magnífica, todos eram do tamanho certo, pois seus ancestrais e o conquistador chegaram muito tempo depois, quando a ilha já estava assentada e os animais, desenvolvidos.

Por ora, terminamos a aula de história natural. Se você prestou bastante atenção, sabe mais sobre Rotundia do que qualquer um de seus moradores, exceto três pessoas: o senhor diretor da escola, o tio da princesa — que era um bruxo poderoso e sabia tudo sem precisar aprender — e Tom, o filho do jardineiro.

Na escola, Tom se esforçava mais do que qualquer um, porque o maior sonho dele era receber o prêmio de melhor estudante, cuja recompensa oferecida pelo senhor diretor era um belíssimo exemplar de *A História de Rotundia*, com o brasão real ilustrado na capa. Porém, depois que Mary Ann demonstrou interesse em se casar com ele, Tom pensou bem e decidiu que o melhor prêmio do mundo seria a mão da princesa — e esse passou a ser seu novo objetivo. O único problema é que, quando se é filho de jardineiro e decide se casar com uma princesa, logo você entende que, quanto mais conhecimento, melhor.

A princesa sempre brincava com Tom nos dias em que os pequenos duques e marquesas não apareciam para o chá, e ele aproveitou a oportunidade para contar que tinha quase certeza do primeiro lugar na premiação.

Batendo palminhas, Mary Ann comemorou e disse:

— Querido Tom, meu querido e sábio Tom, você merece todos os prêmios do mundo. Darei a você meu elefante de estimação... Pode ficar com ele até nos casarmos.

O tal elefante de estimação se chamava Fido, e o filho do jardineiro o levou embora no bolso do casaco. Era o elefantinho mais adorável do mundo, e tinha cerca de quinze centímetros de comprimento. Apesar do tamanho diminuto, era um bichinho muito esperto — e, nem se tivesse um quilômetro de altura, seria mais esperto. Fido se acomodou no bolso e, quando Tom o segurou na palma da mão, ele enrolou a tromba pequenina em nos dedos do garoto, num gesto de carinho e confiança que fez o coração do menino se encher de amor pelo novo amiguinho. Com o elefante de estimação, o afeto da princesa e a confiança de que, no dia seguinte, ganharia o belíssimo exemplar de *A História de Rotundia*, com o brasão real ilustrado na capa, Tom mal conseguiu dormir. Além de tudo isso, o cachorro passou a noite latindo feito louco.

Havia apenas um cão na ilha, pois o reino não conseguiria manter mais de um. Era um chihuahua, do tipo que não ultrapassa os dezoito centímetros do focinho à ponta do rabo no resto do mundo — mas, em Rotundia, era maior do que se pode imaginar. Quando latia, o animal produzia um estrondo tão forte, que inundava o ar da noite e não deixava espaço para o sono, os sonhos, as conversas gentis ou qualquer outra coisa. Ele nunca se importava com acontecimentos na ilha — era esperto demais para isso —, porém, quando os navios vacilavam no escuro, esbarrando em pedras na ponta da ilha, latia uma ou duas vezes, só para alertar os marinheiros de que não podiam chegar brincando como bem entendessem.

Contudo, naquela noite específica, o cão latiu e latiu e latiu, então, a princesa resmungou:

— Oh, céus, queria tanto que ele parasse... estou com muito sono!

E Tom pensou em voz alta:

— Queria saber qual é o problema. Assim que amanhecer, vou lá conferir.

Quando a luz rosa e amarelada começou a despontar no horizonte, Tom pulou da cama e partiu. Enquanto isso, o chihuahua latia tanto que as casas tremiam e as telhas do palácio chacoalhavam como latas de leite numa carroça puxada por um cavalo espoleta.

— Vou até o pilar — pensou Tom, atravessando a cidade.

O pilar era o topo do pedaço de rocha que se fincara em Rotundia e a fizera girar para o lado errado havia milhares de anos. Ficava quase no centro da ilha, firmado com imponência, e do topo se podia enxergar até muito longe.

Conforme se afastava da cidade e cruzava as pastagens, Tom admirava o privilégio de ver os coelhos naquela manhã clara e úmida, saltitantes com seus filhotes nas entradas das tocas. É claro que não se aproximava muito dos coelhos, pois um animal daquele tamanho nem sempre olha por onde anda, e poderia esmagá-lo numa só pisada — lamentando-se logo depois. E Tom era tão bonzinho, que não suportaria ver nem mesmo um coelho infeliz ou arrependido. No nosso mundo, as lacrainhas costumam sair do caminho quando se sentem ameaçadas, porque, assim como ele, têm um coração bondoso e não querem que ninguém se sinta culpado.

O menino, então, seguiu seu caminho, observando os coelhos e contemplando a manhã raiar, cada vez mais vermelha e dourada. Durante todo o trajeto, o chihuahua latiu, e não parou quando os sinos da igreja tocaram ou as chaminés da fábrica de maçã voltaram a arfar.

Mas quando Tom finalmente chegou, viu que não precisaria escalar até o topo para descobrir por que o cachorro latia sem parar.

Bem ali, ao lado do pilar, estava um imenso dragão roxo. As asas do animal pareciam antigos guarda-chuvas púrpuras que já haviam aguentado muita chuva, e a cabeça enorme e careca lembrava o topo de um cogumelo roxo e venenoso. Até a cauda era roxa, muito, muito, muito comprida, fina e firme, como um chicote de carroça. Ele lambia uma das asas roxas de guarda-chuva e, vez ou outra, resmungava e apoiava a cabeça no pilar rochoso, como se estivesse fraco.

Tom logo entendeu o que havia acontecido: um bando de dragões roxos devia ter cruzado a ilha durante a noite, e aquele pobrezinho batera a asa contra o pilar. Como todo mundo é gentil em Rotundia, ele não tinha medo do dragão, embora nunca tivesse falado com um. Sempre via alguns sobrevoando o mar, mas nunca tinha imaginado como seria conhecer um pessoalmente.

Então, o menino disse:

— Suspeito que não esteja muito bem.

E o dragão abanou a enorme cabeça púrpura. Ainda que não pudesse falar, conseguia entender muito bem quando se interessava, assim como todos os outros animais.

— Você precisa de alguma coisa? — perguntou Tom, educadamente.

Em resposta, a fera arregalou os olhos violetas com um sorriso indagador.

— Que tal um ou dois pãezinhos? — sugeriu Tom. — Tem uma ótima árvore de pão aqui perto.

E bastou o animal abrir a boca roxa e lamber os lábios roxos para Tom sair correndo e chacoalhar a árvore de pãezinhos. Em instantes, voltou com os braços cheios de pães frescos com recheio de groselha, além de alguns pães doces que cresciam nos arbustos próximos ao pilar.

Bem, está claro que outra consequência da rotação inversa da ilha foi o crescimento em árvores e arbustos de tudo que precisamos produzir — pães, bolos e biscoitos. Por outro lado, em Rotundia, precisavam fabricar couves-flores, repolhos, cenouras, maçãs e cebolas, assim como nossos cozinheiros fazem pudins e pastéis.

Ao lhe entregar todos os pães, Tom disse:

— Aqui está, tente comer um pouco. Garanto que vai se sentir melhor.

O dragão devorou tudo, assentiu com uma expressão apática e voltou a lamber a própria asa. Tom se retirou e retornou à cidade com as notícias, mas os moradores da ilha ficaram tão agitados diante da visita inédita de um dragão, que correram para vê-lo em vez de comparecer à cerimônia de premiação. Para piorar, o senhor diretor da escola se juntou à multidão com o prêmio de Tom no bolso — o livro *A História de Rotundia* com capa de couro e brasão real —, mas acabou derrubando o exemplar, que foi devorado pelo dragão no mesmo instante.

No fim das contas, Tom nunca recebeu o prêmio, e o dragão detestou o sabor das páginas.

— Talvez seja melhor assim — disse Tom. — Eu poderia não ter gostado do prêmio, se o tivesse recebido.

Por coincidência, era quarta-feira e, quando os amigos da princesa puderam escolher o passatempo da tarde, todos os pequenos duques, condes e marqueses gritaram "Vamos ver o dragão!" — mas as pequenas duquesas, marquesas e condessas protestaram, pois morriam de medo da fera.

No meio da discussão, a princesa Mary Ann se impôs com elegância, e disse:

— Não sejam tolas, apenas em contos de fadas, histórias da Inglaterra ou coisas do gênero as pessoas são ruins e querem ferir umas às outras. Em Rotundia, todo mundo é gentil. Não há o que temer, a menos que sejamos travessos... Contudo, neste caso, sabemos que é para o nosso próprio bem. Vamos todos ver o dragão! Podemos levar algumas balinhas azedas para ele.

Então, partiram rumo ao pilar.

Chegando lá, as crianças da nobreza se revezaram para alimentar o dragão com balinhas azedas, e ele parecia feliz e lisonjeado. Como não era bobo, abanava a cauda roxa o máximo que podia; afinal, dispunha de uma cauda muito, muito comprida. Quando chegou a vez da princesa, a fera abriu um sorriso largo, e abanou a cauda até o último milímetro da ponta, como se dissesse: "Ah, que bela princesinha, muito gentil e bondosa". Porém, no fundo de seu coração roxo e malvado, dizia: "Ah, que bela princesinha, muito gentil e gordinha. Eu adoraria devorá-la em vez dessas balas estúpidas". Mas é claro que ninguém ouviu, exceto o tio da princesa, que era bruxo e costumava escutar atrás das portas — uma prática comum ao seu ofício.

Aliás, você se lembra de que mencionei o fato de haver uma única pessoa malvada em Rotundia? Pois bem, não posso mais omitir que esse grande patife era James, o tio da princesa. Bruxos são sempre maldosos, como sabemos pelos contos de fadas, e alguns tios também podem ser maldosos, como vemos em *Babes in the Wood*[1]. E não nos esqueçamos de que há pelo menos um James maldoso, como aprendemos nos livros de história inglesa. Então, quando um sujeito, além de bruxo, é tio e se chama James, não se pode esperar nada de bom vindo dele. Ele era triplamente malvado — e não faria bem a ninguém.

Havia muito tempo que o tio James queria se livrar da princesa e ficar com todo o reino para si. Ele não gostava de quase nada — um reino agradável era praticamente a única coisa com que se importava —, mas nunca tivera uma boa oportunidade de agir, já que todos em Rotundia eram tão gentis que nenhum feitiço maligno funcionava ali. Suas bruxarias escorriam dos moradores imaculados como água nas costas de um pato. Mas, naquele momento, James pensou que teria uma chance, pois, finalmente, havia duas pessoas malvadas na ilha: ele e o dragão. Sem dizer nada, apenas trocou um olhar mal-intencionado com o animal, e todos foram embora para o chá da tarde. Ninguém chegou a notar aquele olhar sugestivo, com exceção de Tom.

Ao chegar em casa, o filho do jardineiro contou tudo ao elefante. Após ouvir com atenção, a criaturinha inteligente pulou do colo para a mesa, onde estava o calendário decorativo que a princesa lhe dera no Natal. Com a pequenina tromba, apontou uma data — 15 de agosto, aniversário da princesa — e lançou um olhar ansioso ao tutor.

---

[1] Também conhecido como *The Norfolk Tragedy*, trata-se de um antigo conto infantil inglês. A trama aborda a história de dois irmãos órfãos que foram entregues aos cuidados de um tio e uma tia, mas acabaram sendo vendidos a bandidos pelo tio ganancioso. (N. da T.)

— O que foi, Fido? O que aconteceu, meu querido elefantinho? — perguntou Tom.

E o animalzinho esperto repetiu o gesto, até que o menino enfim compreendeu.

— Ah, alguma coisa vai ocorrer no aniversário dela? Certo. Vou ficar de olho.

E realmente ficou.

Quando vivia perto do pilar e se alimentava das árvores de pão, o povo de Rotundia gostava bastante do dragão; mas, aos poucos, ele começou a perambular. Embrenhava-se nas tocas dos coelhos gigantes, e os turistas que se aventuravam nas pastagens avistavam sua cauda, comprida e firme como um chicote, serpenteando para dentro dos buracos e desaparecendo. Antes que desse tempo de dizer "Lá vai ele!", a cabeça feia e roxa surgia em outra toca, às vezes logo atrás deles, ou lhes dava uma risadinha ao pé do ouvido. E a risada do dragão não era nada alegre. Esse tipo de esconde-esconde divertia as pessoas no início, porém, depois, começou a irritá-las. Se você não consegue entender o motivo, pergunte à sua mãe da próxima vez que brincar de cabra-cega enquanto ela estiver com dor de cabeça.

Passado um tempo, o dragão adquiriu o hábito de estalar a cauda, como as pessoas estalam chicotes, e isso também irritava. Mais tarde, coisas pequenas começaram a desaparecer. Você sabe como isso é ruim, até mesmo numa escola particular, contudo, num reino público, é ainda pior. A princípio, as miudezas desaparecidas não eram muito expressivas: alguns elefantes, um ou dois hipopótamos, algumas girafas e coisas assim. Como disse, não era nada de mais, mas causou um incômodo generalizado. Certo dia, o coelho favorito da princesa, o pobre Frederick, sumiu misteriosamente; e, depois, veio a terrível manhã em que o chihuahua desapareceu. Como ele vinha latindo desde que o dragão caíra na ilha, o povo já estava acostumado com o barulho, então, todos acordaram assustados e saíram para ver o que estava acontecendo quando os latidos pararam de repente. E adivinhe só: o cachorro havia desaparecido!

Logo mandaram um garoto acordar o exército, para que os soldados saíssem à procura dele, mas o exército também havia sumido! A partir disso, a população começou a ficar assustada. Aproveitando o desespero coletivo, James apareceu na sacada do palácio e fez um discurso aos súditos:

— Queridos amigos, caros cidadãos, não posso esconder de mim ou dos senhores o fato de que esse dragão roxo é um pobre exilado, um desconhecido indefeso entre nós e, além disso, é um... é um dragão e tanto.

Pensando na cauda do dragão, as pessoas exclamaram:

— Isso sim!

E o tio James prosseguiu:

— Algo aconteceu com um membro gentil e indefeso de nossa comunidade. Ainda não sabemos o quê.

Todos pensaram no coelho Frederick e resmungaram.

— As defesas do nosso país foram engolidas — prosseguiu.

E todos pensaram no pobre exército.

— Há apenas uma coisa a ser feita — declarou, mostrando-se entusiasmado. — Será que algum dia nos perdoaríamos se, por negligenciar uma simples precaução, perdêssemos mais coelhos... Ou talvez nossa marinha, nossa polícia e nosso corpo de bombeiros? Pois aviso que o dragão roxo não respeita nada, por mais sagrado que seja.

Todos pensaram em si mesmos e perguntaram:

— Qual é a simples precaução?

E o tio James disse:

— Amanhã é aniversário do dragão, e ele está acostumado a ganhar algum presente de aniversário. Se receber algo muito bom, ficará ansioso para mostrá-lo aos amigos, voará para longe, e nunca mais voltará.

A multidão celebrou a ideia, enquanto a princesa aplaudia da sacada ao lado.

— O presente que o dragão deseja nos custará muito... — confessou, bastante animado. — Mas, ao presentear alguém, não devemos fazê-lo de má vontade, principalmente se o presenteado for um visitante. E o desejo do dragão é uma princesa. Nós só temos uma princesa, é verdade, porém, não podemos ser mesquinhos numa hora dessa. E um presente não tem valor se não custa a quem o dá. A disposição em renunciar à princesa só mostrará o quanto somos generosos.

O povo começou a chorar porque amava a princesa, embora todos soubessem que deveriam ser generosos e entregar ao pobre dragão o que tanto desejava.

A princesa começou a chorar porque não queria ser o presente de ninguém, muito menos de um dragão roxo.

E Tom começou a chorar porque estava com muita raiva. Foi de imediato para casa e contou tudo ao elefantinho. Por sorte, Fido conseguiu animá-lo, e só conseguiu pensar no pião que a pequena tromba girava sem parar.

No amanhecer do dia seguinte, o menino correu para o palácio. No meio do caminho, notou que ainda não havia coelho brincando nas pastagens, então aproveitou para colher algumas rosas brancas, e as jogou na janela da princesa, que logo acordou e olhou para fora.

— Suba e me beije — disse ela.

Tom escalou a roseira branca, beijou a menina à janela e sussurrou:

— Muitas felicidades e muitos anos de vida!

Mary Ann caiu no choro:

— Ah, Tom... como se atreve? Você sabe muito bem que...

— Ah, não! — respondeu o menino. — Por que, Mary Ann, minha querida, minha princesa... o que acha que estarei fazendo enquanto o dragão recebe o presente de aniversário? Não chore, minha pequena Mary Ann! Eu e Fido já temos tudo planejado. Você só precisa seguir as minhas ordens.

— Só seguir ordens? — perguntou a princesa. — Pode deixar comigo... já fiz isso muitas vezes!

Depois de Tom lhe contar o plano, Mary Ann o encheu de beijos.

— Ah, meu bom e esperto Tom! Ainda bem que lhe dei o Fido. Vocês dois me salvaram, meus queridos!

Na manhã seguinte, o tio James vestiu seu melhor casaco, um chapéu e o colete com serpentes douradas — como um típico bruxo, tinha um gosto extravagante para coletes —, depois apareceu com uma carruagem para levar a princesa a um passeio.

— Venha, meu presentinho de aniversário — disse, num gesto carinhoso. — O dragão vai ficar muito contente. Estou feliz em vê-la tranquila, sem chorar. Sabe, minha menina, nunca é cedo demais para aprender a colocar a felicidade dos outros acima da nossa. Eu não gostaria que minha querida sobrinha fosse egoísta ou negasse um prazer tão trivial a um pobre dragão doente, afastado da família e dos amigos.

E a princesa disse que tentaria não ser egoísta.

Nesse instante, a carruagem parou ao lado do pilar, e ali estava o dragão, com a tenebrosa cabeça roxa brilhando ao sol e a tenebrosa boca roxa entreaberta.

O velho bruxo disse:

— Bom dia, senhor. Trouxemos um singelo presente de aniversário. Não gostamos de deixar datas importantes passarem em branco sem uma lembrancinha... ainda mais o aniversário de um visitante! Nossos recursos são modestos, mas nosso coração é generoso. Temos apenas uma princesa, entretanto, nós a ofertamos de boa vontade... não é, minha menina?

A princesa pareceu concordar, e o dragão se aproximou um pouco mais.

De repente, alguém gritou:

— Corra!

Era Tom, trazendo consigo o porcão-da-índia e um par de lebres belgas.

— Só por garantia! — completou o menino.

James ficou furioso.

— Aonde o senhor pensa que vai? Como ousa invadir uma cerimônia oficial com coelhos e coisas medíocres? Vá embora, seu garotinho malcriado! Vá brincar em outro lugar!

Mas, enquanto o velho bruxo vociferava, as lebres se aproximaram dele, uma de cada lado, cada vez mais altas e imponentes, até o esmagarem com tanta força, que ele sumiu na pelagem e quase foi sufocado. Nesse meio-tempo, a princesa correu para trás do pilar e espiava para ver o que estava acontecendo.

Pois bem, uma multidão seguira a carruagem para fora da cidade, e todos começaram a gritar ao chegar à cena da "cerimônia oficial":

— Justiça! Justiça! Não podemos nos contradizer assim... Demos nossa palavra! Dar um presente e pegá-lo de volta? Ora, não está certo. Deixem o pobre dragão exilado com seu presente de aniversário! — e tentaram alcançar Tom, mas o porcão-da-índia ficou no caminho.

— Sim! — berrou Tom. — A justiça é uma joia, e o exilado indefeso deve ficar com a princesa... se conseguir pegá-la. Vamos, Mary Ann!

Mary Ann saiu de trás do grande pilar e gritou para o dragão:

— Bu! Você não me pega! — e correu o mais rápido possível.

No mesmo instante, o dragão voou atrás dela. Quase um quilômetro depois, a princesa parou, contornou uma árvore e retornou ao pilar. Apesar da tentativa de driblar o dragão, ele se manteve logo atrás, mas era tão comprido, que não conseguia se virar com a mesma facilidade. E Mary Ann deu voltas e voltas ao redor do pilar. No começo, fez uma curva maior, porém, depois, foi se aproximando da grande rocha — com o dragão incansável atrás dela. E o animal estava tão focado em pegá-la, que não se deu conta de que Tom havia amarrado a ponta da cauda longa e firme como um chicote à rocha, de modo que quanto mais voltas dava, mais se enroscava no pilar. Foi exatamente como enrolar um pião — mas o pino era o pilar e a cauda do dragão, a corda. Enquanto isso, o bruxo permanecia preso entre as lebres belgas, sem conseguir enxergar nada além da escuridão, sem fazer nada além de se sufocar.

Finalmente, quando cada centímetro do dragão estava enrolado no pilar, bem apertado como linha no carretel, a princesa parou. Embora ofegante, Mary Ann conseguiu dizer:

— E aí, quem ganhou?

Essa afronta deixou o dragão tão irritado, que ele se esforçou ao máximo para abrir as grandes asas roxas e voar para cima da menina. E é claro que acabou puxando a cauda amarrada, mas puxou com tanta força, que a cauda *teve* que ir junto, e o pilar *teve* que acompanhá-la, e a ilha *teve* que acompanhá-lo. No momento seguinte, a cauda estava solta, e a ilha rodava como um pião. Rodava tão rápido que todos caíram de cara no chão e se seguraram com força, sentindo que algo estava prestes a acontecer. Todos menos o bruxo, que continuava esmagado entre duas lebres belgas e não sentia nada além de pelo e fúria.

E algo realmente aconteceu: o dragão acabou invertendo a rotação do reino de Rotundia para o lado certo, como deveria ter sido desde o começo do mundo. Conforme o reino girava, os animais mudavam de tamanho. Os porcões-da-índia encolhiam, os elefantes cresciam, e os homens, mulheres e crianças também teriam mudado, se não tivessem se segurado com força, muita força, e com as duas mãos — coisa que os animais não podiam fazer. Mas, o melhor de tudo foi que, enquanto as criaturas pequenas cresciam e as grandes diminuíam, o dragão também encolheu e caiu aos pés da princesa: uma pequena salamandra roxa com asas.

— Que coisinha engraçada — zombou a princesa ao vê-lo. — Vou pegá-la como presente de aniversário!

E quando todas as pessoas se abaixaram e seguraram firme, o velho bruxo não tentou se proteger, pois só pensava em punir lebres belgas e filhos de jardineiros. Assim, enquanto as criaturas grandes ficavam pequenas, ele também encolhia; e o pequenino dragão roxo aos pés da princesa viu um bruxo minúsculo chamado tio James. Sem hesitar, o dragão o pegou para si, já que ainda queria um presente de aniversário.

Depois disso, todos os animais passaram a ter novas dimensões. No começo, foi esquisito ter elefantes enormes, desajeitados, e gambazinhos pequenos, mas as já pessoas estão acostumadas e nem estranham mais.

Tudo isso ocorreu há muitos anos, mas dia desses vi no *Diário de Rotundia* um relato do casamento da princesa com o lorde KED Thomas Jardim. Sei que ela não teria se casado com ninguém além de Tom, então suponho que o tornaram lorde em virtude do casamento — e, claro, KED significa Konquistador

Esperto do Dragão. Se você acha que a grafia está errada, é porque não sabe como escrevem em Rotundia. O jornal também dizia que, entre os belíssimos presentes do noivo para a noiva, havia um elefante enorme, sobre o qual eles chegaram ao casamento. Só pode ter sido o Fido. Você deve lembrar que Tom prometera devolvê-lo à princesa quando eles se casassem. E o *Diário de Rotundia* os chamou de "par feliz". Foi inteligente da parte do jornal descrevê-los assim, com uma expressão tão bonita e romântica — e mais verdadeira do que muito do que vemos nos jornais.

Digo isso porque a princesa e o filho do jardineiro se gostavam tanto, que não poderiam ser infelizes. Além do mais, tinham um elefante só para eles. Se isso não basta para ser feliz, não sei o que mais bastaria. É claro que algumas pessoas só seriam felizes se tivessem uma baleia para navegar, e nem assim ficariam satisfeitas. Mas são pessoas gananciosas e avarentas, do tipo que repete uma sobremesa quatro vezes — coisa que Tom e Mary Ann nunca fizeram.

III

OS SALVADORES DA PÁTRIA

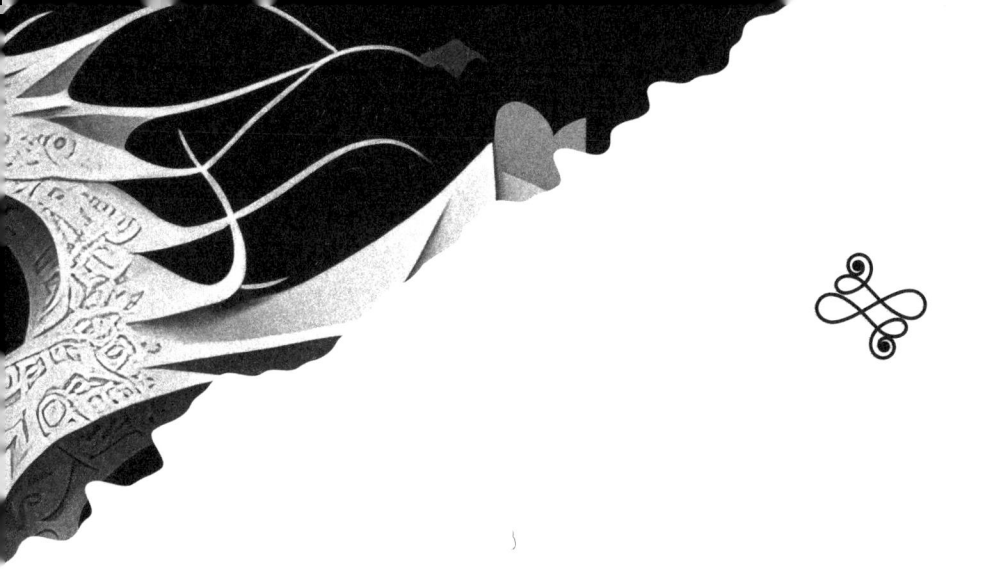

Tudo começou com um incômodo no olho de Effie. Doía muito e queimava muito, como uma centelha ardente, e também parecia ter pernas e asas, como uma mosca. Effie coçou e chorou — não um choro de verdade, e sim daqueles que os olhos fazem sozinhos, sem que estejamos tristes por dentro —, depois correu pedir ao pai que tirasse a coisa dos olhos dela. Como o pai de Effie era médico, ele sabia tirar coisas dos olhos e o fez com destreza, utilizando apenas um pincel embebido em óleo de rícino.

E, assim que extraiu a coisa, ele disse:

— Ora, isso é bem curioso.

Outras coisas já tinham entrado nos olhos da menina, e o pai sempre havia encarado a situação com normalidade — meio cansativo e travesso por parte dela, mas, ainda assim, natural. Nunca achara aquilo curioso.

Secando as lágrimas com um lenço, Effie disse:

— Acho que não saiu. — as pessoas sempre dizem isso ao se livrar de um corpo estranho no olho.

— Ah, saiu sim. Está aqui no pincel. É bem interessante.

Como nunca tinha usado a palavra "interessante" para algo relacionado à filha, Effie perguntou entusiasmada:

— O quê?!

O médico, então, atravessou o quarto com muito cuidado, encaixou a ponta do pincel sob a lente do microscópio, ajustou alguns parafusos de latão e analisou o material com um dos olhos.

— Minha nossa! — exclamou. — Ai, minha nossa! Quatro membros bem desenvolvidos, um longo apêndice caudal, cinco dedos de tamanhos distintos, quase como um *Lacertidae*, mas vejo sinais de asas.

A criatura debaixo das lentes se remexeu no óleo de rícino, e ele prosseguiu:

— Sim... Parecem asas de morcego. Certamente, é uma nova espécie. Effie, corra até o professor e peça a gentileza de ele vir aqui um minutinho.

— Papai, o senhor me deve seis centavos por ter trazido uma nova espécie. Tomei bastante cuidado ao carregá-la dentro do olho... e *ainda* está doendo — respondeu a menina.

O médico estava tão contente com o novo espécime, que lhe deu um xelim, e logo o professor apareceu e ficou para o almoço. Os dois senhores passaram a tarde bastante animados, discutindo a respeito do nome e da família da criaturinha que saíra do olho de Effie.

Porém, na hora do chá, outro incidente aconteceu. Harry, irmão de Effie, pescou algo de dentro da xícara. À primeira vista, pensou ser uma lacrainha, e estava prestes a jogá-la no chão para esmagá-la, quando a criatura se remexeu na colher, abriu as duas asinhas molhadas e se jogou na toalha de mesa. Ali ficou batendo os pezinhos e esticando as asinhas, então Harry disse:

— Ora, isso é uma miniatura de salamandra!

O professor se impôs antes que o médico dissesse qualquer coisa e declarou afobado:

— Dou cinquenta centavos por isso, Harry, meu amigo. — e cuidadosamente pegou a criatura com um lenço. — É outro espécime, bem melhor do que o seu, doutor.

Tratava-se de um pequeno lagarto, com cerca de um centímetro, escamas e asas.

Assim, tanto o médico como o professor tinham um indivíduo da espécie desconhecida, e ambos estavam bastante animados. Não imaginavam que, pouco tempo depois, os espécimes começariam a perder o valor. Na manhã seguinte, o engraxate limpava as botas do médico quando, de repente, soltou a escova, a bota e a graxa, gritando que havia se queimado.

De dentro do sapato saiu rastejando um lagarto do tamanho de um filhote de gato, com asas grandes e brilhantes.

— Minha nossa, eu sei o que é isso! — gritou Effie. — É um dragão, como aquele que São Jorge matou!

A menina estava certa. Na tarde daquele mesmo dia, Towser foi mordido no jardim por um dragão do tamanho de um coelho, que ele tinha tentado caçar sem sucesso. Na manhã seguinte, todos os jornais só falavam dos maravilhosos "lagartos alados", que surgiam por todo o país. Não os chamavam de dragões porque, é claro, hoje ninguém acredita em dragão — e os jornalistas jamais seriam tolos de crer em contos de fadas. No começo, apareceram apenas alguns, mas, em uma ou duas semanas, o país estava simplesmente tomado por dragões de todos os tamanhos. Às vezes, eles saíam em bando, voando como um enxame de abelhas, e todos pareciam exatamente iguais, exceto pelo tamanho. Eram verdes, com escamas, tinham quatro patas, uma cauda longa e asas avantajadas, semelhantes às dos morcegos — mas amareladas e meio transparentes, como uma imensa capa de chuva.

Eles soltavam fogo e fumaça, como dragões de verdade, entretanto, os jornais insistiam em fingir que eram apenas lagartos — até o editor do *Standard* ser raptado por um exemplar gigantesco, e os jornalistas não terem mais ninguém para lhes dizer o que deveriam pensar. E, quando o maior elefante do zoológico foi levado por um, a imprensa desistiu de fingir e publicou na manchete: ALARMANTE INVASÃO DE DRAGÕES.

Você não tem ideia de como foi assustador e incômodo ao mesmo tempo. Embora os dragões maiores fossem terríveis, eles sempre dormiam cedo por medo da brisa fria da noite, então bastava ficar dentro de casa durante o dia para se proteger dos grandões. Mas os menores eram um sério incômodo. Aqueles do tamanho de lacrainhas se enfiavam no sabão e mergulhavam na manteiga. Já os dragões de porte médio entravam no encanamento do banheiro, e o fogo dentro deles fazia a água fria evaporar assim que a torneira era aberta — de modo que os sujeitos descuidados sempre saíam escaldados da banheira, com queimaduras graves pelo corpo. Aqueles do tamanho de pombos entravam em caixas de costura ou gavetas e mordiam quem tentava pegar uma agulha ou um lenço. Outros maiores, do tamanho de ovelhas, eram mais fáceis de evitar, pois podiam ser vistos de longe — porém, quando voavam para dentro das janelas e se encolhiam debaixo das cobertas, só eram encontrados na hora de dormir, e davam um baita susto. Os dragões desse tamanho não comiam pessoas, apenas alface, mas sempre queimavam os lençóis e as fronhas.

O Conselho do Condado e a polícia fizeram tudo que podiam, mas já não adiantava oferecer a mão da princesa a quem matasse um dragão. Esse recurso funcionava muito bem no passado, quando havia apenas um dragão para uma princesa, mas agora havia muito mais dragões do que princesas — por mais que a família real fosse imensa. Além disso, teria sido um mero desperdício de princesas oferecê-las como recompensa para assassinos de dragões, pois todo mundo já matava o máximo possível sem ganhar nada em troca, apenas para tirar aquelas coisas nojentas do caminho.

O Conselho do Condado também decidiu cremar todos os dragões entregues em seus departamentos das dez às duas da manhã, e enormes carroças, carretas e caminhões de carcaça podiam ser vistos em qualquer dia da semana, parados numa fila imensa na rua do conselho. Jovens levavam carrinhos de compra cheios de dragões mortos e, no caminho da escola, as crianças davam um pulo nos departamentos para deixar um ou dois punhados de dragõezinhos que levavam na mochila ou embrulhados em lenços no bolso da calça. Ainda assim, a população de dragões só aumentava.

A polícia, então, construiu enormes torres de madeira e lona, todas cobertas com uma cola bem forte. Quando os dragões voavam de encontro às torres, eles ficavam presos, como mosquitos e vespas no mata-moscas da cozinha, e o inspetor da polícia ateava fogo assim que ficavam cheias, queimando-as com os animais e tudo. Ainda assim, parecia haver mais dragões do que nunca. As lojas estavam cheias de veneno para dragão, sabonete antidragão, cortinas à prova de dragão; enfim, fizeram tudo o que podia ser feito.

Ainda assim, parecia haver mais dragões do que nunca.

Não era muito fácil descobrir o que envenenaria um dragão, já que eles comiam coisas bem distintas. A maior espécie comia elefante se encontrasse algum, senão optava por cavalos e vacas. Outro porte de dragão não comia nada além de lírios-do-vale, e um terceiro tipo preferia primeiros-ministros se estivessem disponíveis — caso contrário, devorava qualquer homem fardado que visse pela frente. Havia também aqueles que comiam tijolos, e três desse gênero comeram dois terços da enfermaria South Lambeth numa única tarde.

Mas os dragões que Effie mais temia eram do tamanho de uma sala de jantar, aqueles que comiam menininhas e menininhos.

No começo, Effie e o irmão ficaram bem animados com a nova rotina. Era muito divertido passar a noite em claro em vez de dormir, além de poder brincar no jardim sob a luz das lâmpadas. Achavam graça toda vez que a mãe, antes de dormir, dizia:

— Boa noite, meus queridos, durmam bem o dia todo e não acordem muito cedo. Estão proibidos de se levantar enquanto não estiver bem escuro. Não querem ser pegos pelos dragões malvados, né?

Mas a alegria durou pouco, e eles se cansaram de tudo alguns dias depois. Queriam ver as flores e árvores crescendo nos campos, sentir o brilho do sol fora de casa, e não apenas pelas janelas de vidro e cortinas à prova de dragão. Queriam brincar na grama, porém não podiam se sentar no chão em razão do orvalho da noite.

E os dois queriam tanto sair à luz intensa e perigosa do dia, pelo menos uma única vez, que passaram a procurar algum motivo pelo qual deveriam fazê-lo. Ao mesmo tempo, não gostavam de desobedecer à mãe.

Numa certa manhã, contudo, a mãe dos meninos se ocupava com o preparo de um novo veneno para deixar no porão, enquanto o pai fazia curativos na mão do engraxate, que fora arranhado por um dos dragões interessados em primeiros-ministros, então ninguém se lembrou de dizer às crianças: "Não se levantem enquanto não estiver bem escuro".

— Vamos agora — disse Harry. — Não seria desobediência. Eu sei exatamente o que devemos fazer, só não sei como.

— O que devemos fazer? — perguntou Effie.

◆ E. NESBIT ◆

— Ora, devemos acordar São Jorge — respondeu Harry. — Ele é a única pessoa da cidade que sabe lidar com dragões... E os personagens de contos de fadas não valem. São Jorge é uma pessoa de verdade, e só está adormecido, esperando para ser despertado. Só que, hoje, ninguém acredita em São Jorge... Foi o que ouvi papai dizer.

— Nós acreditamos — respondeu Effie.

— É claro que acreditamos... por isso, poderíamos acordá-lo! Entendeu, Ef? É impossível acordar uma pessoa em quem você não acredita, certo?

Effie concordou, mas onde encontrariam São Jorge?

— Devemos sair e procurá-lo — constatou Harry, tomado de coragem. — Você precisa de uma capa à prova de dragão, feita do mesmo material das cortinas, e eu vou me lambuzar com o melhor veneno contra dragão, e...

Effie bateu palmas, pulou de alegria e gritou:

— Ah, Harry! Eu sei onde podemos encontrar São Jorge! Na igreja de São Jorge, é claro!

— Hum — balbuciou Harry, desejando ter pensado nisso antes dela — às vezes, você tem umas ideias boas... para uma menina.

Assim, na tarde daquele mesmo dia, bem cedo, antes de os raios de sol anunciarem a chegada da noite — quando todos estariam acordados e trabalhando —, as duas crianças saíram da cama. Effie se cobriu com um pedaço de musselina à prova de dragões, pois não houvera tempo de fazer uma capa, e Harry se besuntou de veneno contra dragões. Como o produto era inofensivo para crianças e enfermos, não teve medo de se lambuzar.

Enfim, os dois deram as mãos e partiram rumo à igreja de São Jorge. Como você sabe, existem várias igrejas de São

Jorge, mas, felizmente, eles pegaram o caminho que levava à correta e seguiram sob o sol forte, sentindo-se muito corajosos e aventureiros.

Não viram ninguém nas ruas além dos dragões, e a cidade estava simplesmente infestada deles. Por sorte, nenhum dos dragões era do tamanho que comia menininhas e menininhos, ou talvez essa história tivesse terminado aqui. Havia dragões nas calçadas, dragões nas ruas, dragões descansando nas escadarias de prédios públicos e dragões nos telhados, bronzeando as asas sob o sol escaldante da tarde. A cidade estava toda verde com eles. Mesmo quando os irmãos saíram da região urbana e caminharam pelas estradas de terra, os campos pareciam mais verdes em virtude das patas e caudas escamosas; e alguns dos dragões menores faziam ninhos de amianto nas cercas vivas floridas.

Effie segurava a mão de Harry com muita força quando, de repente, gritou de susto com um dragão gordo que bateu na orelha dela — e um enxame de dragões verdes levantou voo do campo e se espalhou pelo céu. Os irmãos conseguiam ouvir o bater das asas enquanto eles voavam.

— Minha nossa, eu quero ir para casa — sussurrou Effie.

— Não seja tola. Você se lembra dos Sete Campeões e de todos os príncipes — respondeu Harry. — Salvadores da pátria nunca gritam ou querem voltar para casa.

— E nós somos... salvadores? — indagou Effie.

— Você vai ver — respondeu o irmão.

E os dois seguiram em frente.

Ao chegar à igreja de São Jorge, encontraram uma porta aberta e entraram. Como São Jorge não estava ali, caminharam pelo cemitério da igreja e logo encontram seu grande túmulo de pedra. Em cima da tumba, estava uma escultura em mármore do santo, com sua típica armadura e as mãos dobradas sobre o peito.

— Como faremos para acordá-lo? — perguntaram-se.

Harry falou com São Jorge, mas ele não respondeu. Em seguida, tentou chamá-lo, e o santo não parecia ouvir. Por fim, o menino literalmente tentou acordar o poderoso matador de dragões com um chacoalhão nos ombros de mármore, porém São Jorge nem sequer percebeu.

Effie começou a chorar e abraçou o pescoço de São Jorge da melhor maneira que pôde, já que a lápide atrapalhava bastante na parte de trás. Em completo desespero, a menina beijou o rosto de mármore, e disse:

— Ah, querido e bondoso São Jorge! Por favor, acorde e nos ajude!

Só então o santo abriu os olhos, espreguiçou-se meio sonolento, e disse:

— O que houve, garotinha?

Enquanto os irmãos lhe contavam tudo, o santo se virou na lápide e apoiou a cabeça no cotovelo para enxergá-los melhor. Mas, assim que descobriu a imensa quantidade de dragões, ele abanou a cabeça e interrompeu:

— Isso não é bom. São muitos para o pobre e velho Jorge. Vocês deveriam ter me acordado antes. Sempre gostei de uma boa luta… mas "um homem, um dragão" é o meu lema.

Nesse momento, um enxame de dragões passou voando. São Jorge quase sacou a espada, entretanto, abanou a cabeça outra vez e empurrou a arma de volta à bainha conforme o grupo se distanciava.

— Não posso fazer nada — prosseguiu. — As coisas mudaram desde a minha época. Santo André já me contou. Ele foi acordado em decorrência da greve dos engenheiros, e depois veio falar comigo. Disse que tudo é feito por máquinas agora... deve haver um jeito de resolver esse problema dos dragões. Aliás, como anda o clima ultimamente?

Aquilo pareceu tão indiferente e indelicado, que Harry não respondeu, mas Effie disse com paciência:

— Tem sido bom. Papai disse que é o clima mais quente dos últimos tempos.

— Ah, como suspeitei — respondeu o paladino, num tom pensativo. — Bom, a questão é que dragões não suportam frio e umidade... Essa é a única saída. Se conseguissem encontrar as torneiras...

São Jorge voltou a se acomodar sobre a lápide.

— Boa noite, sinto muito por não poder ajudá-los — lamentou, escondendo um bocejo com a mão de mármore em frente à boca.

— Ora, mas o senhor pode, sim! — exclamou Effie. — Conte-nos mais... Que torneiras são essas?

— Ah, como aquelas de banheiro — respondeu o santo, ainda mais sonolento. — E tem um espelho também... Ele mostra o mundo e tudo o que está acontecendo. São Dionísio me contou sobre isso, disse que é muito bonito. Sinto muito, não consigo... Boa noite.

E se deitou na lápide, adormecendo no mesmo instante.

— Nunca vamos achar essas torneiras — disse Harry. — Aliás, não seria terrível se São Jorge acordasse quando um dragão estivesse por perto? Um dragão do tamanho dos que comem paladinos...

Effie tirou o véu à prova de dragões e cobriu São Jorge.

— Não encontramos nenhum do tamanho de sala de jantar pelo caminho. Acho que estamos seguros — disse a menina.

Harry espalhou o máximo que pôde do veneno na armadura do santo, com o intuito de deixá-lo bem protegido.

— Podemos nos esconder na igreja até escurecer — disse o menino —, e então...

Nesse momento, uma sombra escura se projetou sobre eles, e os garotos foram surpreendidos por um dragão do tamanho exato de uma sala de jantar.

Ali souberam que tudo estava perdido. O animal arremeteu e agarrou as duas crianças — Effie, pelo cinto verde de seda, e Harry, pela pontinha de trás do paletó —, então abriu as imensas asas amarelas e alçou voo, chacoalhando como uma carruagem de terceira classe quando o freio está desgastado.

— Ah, Harry! Quando será que ele vai nos devorar?! — gritou Effie.

O dragão cruzava bosques e campos com impulsos poderosos, avançando cerca de meio quilômetro a cada bater de asas.

Harry e Effie viam o campo logo abaixo — as cercas vivas e os rios, as igrejas e as fazendas, tudo fluindo por baixo deles, muito mais rápido do que a vista da janela do trem mais veloz. E o dragão continuou avançando. Durante o trajeto, passaram por outros dois dragões no ar, mas a fera grande como uma sala de jantar não parou para conversar, apenas seguiu voando sem descanso.

— Ele sabe exatamente aonde quer chegar — berrou Harry. — Ah, se ele nos soltasse antes!

Mas o dragão os segurou com firmeza e continuou voando, voando e voando. E, quando as crianças já estavam bem atordoadas, todas as escamas arrepiaram e ele finalmente pousou, no topo de uma montanha. Ali permaneceu deitado de lado, o corpo escamoso cansado e ofegante, depois do longo caminho percorrido. As garras, porém, permaneciam firmes no cinto de Effie e na pontinha de trás do paletó de Harry.

De repente, Effie sacou a faca que o irmão lhe dera de aniversário. Para começo de conversa, a faca tinha custado apenas seis centavos, fazia somente um mês que Harry a comprara e só fora usada para apontar lápis; porém, de alguma maneira, a menina conseguiu manuseá-la com destreza para cortar o próprio cinto e escapar, deixando o dragão apenas com um laço de seda verde na garra direita. Mas é claro que aquela faquinha nunca cortaria a ponta do paletó do irmão, e Effie se deu conta disso após algumas tentativas frustradas. Numa segunda tentativa de salvá-lo, Harry conseguiu se esquivar das mangas com a ajuda da irmã, e o dragão ficou somente com um paletó na garra esquerda.

Então, as crianças andaram na ponta dos pés até uma fenda na parede rochosa, onde decidiram se esconder. Como era estreita demais para o monstro entrar, elas ficaram ali dentro esperando, prontas para fazer caretas assim que o dragão estivesse forte o bastante para conseguir se sentar e pensar em comê-las. Mais tarde, as caretas realmente irritaram a fera, que soprou fogo e fumaça para dentro da fenda; contudo, Effie e Harry correram tão rápido, que não foram atingidos. Depois de tanto assoprar, o animal acabou se cansando e desistiu.

Por mais que estivessem livres da fera, os irmãos tiveram medo de sair, e decidiram se embrenhar ainda mais. Após alguns minutos de caminhada, o extenso corredor se abriu numa gruta revestida de areia fofa e, enfim, alcançaram a extremidade da imensa caverna, que dava numa porta em que se lia:

CÂMARA UNIVERSAL DAS TORNEIRAS.
PRIVADO. PROIBIDA A ENTRADA.

Apenas para espiar, os irmãos abriram uma frestinha da porta, então se lembraram do que São Jorge lhes dissera.

— Não podemos ficar mais encrencados do que já estamos... com um dragão nos esperando lá fora. Vamos entrar — decidiu Harry.

Cheios de coragem, entraram na câmara e fecharam a porta.

E ali estavam, numa espécie de sala escavada na rocha. Ao longo de uma das paredes, havia inúmeras torneiras, e cada uma delas exibia um rótulo de porcelana, semelhante àqueles estampados em banheiras. Como já conseguiam ler palavras de duas sílabas, às vezes até de três, logo entenderam que estavam no lugar onde o clima é controlado. Havia seis grandes torneiras descritas como "sol", "vento", "chuva", "neve", "granizo" e "gelo", além de várias menores, rotuladas como "leve a moderado", "chuvoso", "brisa do sul", "clima bom para plantação", "gelo para patinação", "tempo aberto", "vento do sul", "vento do leste", e assim por diante. A grande torneira em que se lia "sol" estava totalmente aberta, mas não dava para ver nenhum raio de sol saindo dela. Como a luz entrava na caverna por uma claraboia de vidro azul, eles imaginaram que os raios jorravam por outro lugar — assim como aquelas torneiras ocultas que limpam a parte inferior das pias de cozinha.

Em seguida, notaram que uma parede do cômodo era apenas um grande espelho que, ao ser encarado, refletia tudo o que estava acontecendo no mundo — e tudo de uma vez, ao contrário da maioria dos espelhos. Eles viram as carretas entregando carcaças de dragão nos departamentos do Conselho do Condado e São Jorge adormecido sob o véu à prova de dragão. Viram a mão chorando em casa porque os filhos tinham saído na terrível e perigosa luz do dia, temendo que um dragão pudesse devorá-los. Também viram toda a Inglaterra como um grande mapa de quebra-cabeça: verde nas áreas rurais, marrom nas cidades e preto nas indústrias de carvão, cerâmica, ferramentas e produtos químicos. Por toda parte, das regiões mais escuras até as amarronzadas e as esverdeadas, havia uma rede de dragões verdes. E perceberam que ainda era dia, então todas as feras estavam acordadas.

No instante seguinte, Effie disse:

— Eles não gostam do frio. — e tentou desligar o sol, mas a torneira estava quebrada. Isso não só explicava o clima quente, como também a eclosão acelerada dos ovos de dragão.

Assim, deixaram a torneira do sol de lado, acionaram a de neve e a deixaram aberta ao máximo, enquanto observavam o espelho. Ali, viram os dragões correndo por todos os lados, como formigas correriam se você fosse cruel o bastante para despejar água num formigueiro — o que você certamente não é. E a neve caía mais e mais.

Então, Effie abriu a torneira da chuva, e os dragões pararam de correr. Aos poucos, eles foram se deitando, e ambos concluíram que a água tinha apagado o fogo de dentro deles. Só podiam estar mortos. Por garantia, abriram a torneira de granizo — bem pouquinho, por medo de quebrar a janela das pessoas. E já não viam mais dragões se movimentando.

A essa altura, os irmãos souberam que realmente seriam os salvadores da pátria.

— Construirão um monumento em nossa homenagem, tão alto quanto o de Nelson! Todos os dragões estão mortos! — comemorou Harry.

— Espero que aquele à nossa espera também esteja! — acrescentou Effie. — Quanto ao monumento, não tenho tanta certeza, Harry. O que vão fazer com tantos dragões mortos? Levaria anos e anos para enterrar todos, e não podem ser queimados, agora que estão encharcados. Queria que a chuva os levasse direto para o mar.

Mas isso não aconteceu, e as crianças começaram a duvidar da própria esperteza.

— Para que serve essa coisa velha? — indagou Harry, apontando uma torneira enferrujada que parecia fechada havia séculos. Seu rótulo de porcelana estava coberto de poeira e teias de aranha, mas Effie a limpou com um pedaço da saia — por incrível que pareça, os irmãos saíram sem um lenço de bolso —e a palavra "esgoto" foi revelada.

— Vamos abri-la — disse a menina. — Talvez leve os dragões embora.

Depois de tanto tempo fechada, a torneira estava emperrada, porém, eles conseguiram girá-la juntos e correram até o espelho, ansiosos para ver o que aconteceria.

Para a surpresa dos irmãos, uma cratera enorme e escura se abriu no meio do mapa da Inglaterra, e as pontas do papel se inclinaram para cima, de modo a escoar a chuva em direção ao buraco.

— Ah, viva! Viva! Viva! — comemorou Effie, correndo de volta às torneiras e abrindo tudo o que parecia molhado. "Chuvoso", "tempo aberto", "clima bom para plantação", e até "vento do sul e sudeste" — porque ouvira o pai dizer que esses ventos traziam chuva.

Não demorou muito para que um dilúvio inundasse o país, com torrentes de água que escorriam para o centro do mapa e desaguavam em cataratas no grande buraco central. E os irmãos viram os dragões sendo arrastados e desaparecendo no cano de esgoto em enormes massas verdes e cardumes dispersos — dragões solitários e dragões às dúzias, de todos os tamanhos, desde os que sequestravam elefantes, até os que nadavam em xícaras de chá.

Em instantes, todos haviam desaparecido. As crianças, então, fecharam o esgoto e diminuíram o fluxo da torneira do sol — que continuava quebrada e não fechava totalmente. Em seguida, abriram a "leve a moderado" e a "chuvoso", mas ficaram tão emperradas que não conseguiram fechá-las, e isso explica o clima da Inglaterra até hoje.

Como Effie e Harry voltaram para casa? Pela ferrovia Snowdon, claro.

E a nação ficou agradecida? Bom... a nação ficou bem molhada. E, quando finalmente se secou, estava mais interessada na nova máquina de assar muffins por eletricidade, e os dragões foram quase esquecidos. Dragões não parecem muito relevantes quando estão mortos e extintos. Veja, nem sequer ofereceram uma recompensa às crianças.

E o que os pais fizeram quando Effie e Harry chegaram em casa?

Pois bem, esse é o tipo de pergunta curiosa que vocês, crianças, sempre fazem. Mas vamos lá, só desta vez não me importei em contar.

A mãe disse:

— Ah, meus queridos, meus amores, vocês estão vivos... estão vivos! Seus pestinhas... Por que foram tão desobedientes? Já para a cama!

E o médico, pai das crianças, disse:

— Por que não me contaram o que iam fazer?! Eu teria preservado um espécime! Joguei fora aquele que tirei do olho de Effie... Queria pegar um exemplar mais intacto. Não esperava essa extinção imediata da espécie!

O professor não disse nada, apenas esfregou as mãos. Ele tinha guardado seu espécime, aquele do tamanho de uma lacrainha, que comprara de Harry por cinquenta centavos, e o mantém conservado até hoje.

Você precisa pedir para ele lhe mostrar!

IV.

O DRAGÃO DE GELO
OU FAÇA O QUE LHES DISSEREM

Esta é a história das maravilhas ocorridas na noite de 11 de dezembro, quando fizeram o que lhes disseram para não fazer. Você pode até pensar que sabe todas as coisas desagradáveis que poderiam acontecer se fosse desobediente, mas há certas coisas que você não sabe, e muito menos eles sabiam.

Chamavam-se George e Jane.

Não houve fogos de artifício na Noite de Guy Fawkes[2] daquele ano, pois o herdeiro ao trono não estava muito bem. Seu primeiro dente estava nascendo, e esse é um período de bastante ansiedade para qualquer pessoa — inclusive para um membro da realeza. O pobrezinho estava realmente mal, e fogos de artifício já teriam sido de muito mau gosto em Land's End ou na Ilha de Man, contudo, em Forest Hill, onde moravam Jane e George, qualquer coisa do gênero estava fora de cogitação. Até o Palácio de Cristal, cabeça-oca como era, sentiu que não era hora para fogos.

---

[2] Também conhecida como "Noite da Fogueira". No dia 5 de novembro, o povo inglês acende fogueiras e solta fogos de artifício em celebração ao fracasso da tentativa de assassinato do rei Jaime I, por Guy Fawkes, em 1605. (N. da T.)

Mas, assim que o dente do príncipe nasceu, as celebrações não foram apenas admissíveis, como almejadas, e o 11 de dezembro foi proclamado Dia dos Fogos de Artifício. Todos os súditos estavam ansiosos para demonstrar lealdade e se divertir ao mesmo tempo. Além dos fogos, organizaram procissões e apresentações no Palácio de Cristal, com votos de "Bençãos ao príncipe" e "Vida longa à realeza", escritos em lamparinas coloridas. A maioria dos colégios particulares decretou feriado de meio dia, e mesmo os filhos de encanadores e escritores receberam dois centavos para gastar como quisessem.

George e Jane ganharam seis centavos cada e gastaram tudo em fogos dourados — que demoraram muito para acender, e, quando finalmente acenderam, apagaram quase no mesmo instante. Sem seu próprio espetáculo, tiveram que admirar os fogos dos jardins vizinhos e do Palácio de Cristal, que estavam realmente gloriosos.

Como o resto da família estava resfriado, Jane e George tiveram permissão para soltar os fogos de artifício sozinhos no jardim. Jane vestiu sua capa de pele, luvas grossas e um gorro de pele de raposa prateada, que a mãe fizera com um antigo regalo[3]; e George se agasalhou com um sobretudo de três camadas, uma manta e um capuz de pele de foca que o pai lhe emprestara.

Estava escuro no jardim, mas os fogos no céu deixavam tudo radiante. E, por mais que as duas crianças estivessem com frio, sem dúvida estavam se divertindo.

Para conseguir enxergar melhor, subiram na cerca do jardim e avistaram muito, muito longe, no limite do mundo escuro, uma linha brilhante formada por feixes de luz verticais e enfileirados, como se fossem pequeninas lanças carregadas por um exército de fadas.

---

3 Acessório em formato cilíndrico, com ambas as extremidades abertas, para enfiar as mãos e mantê-las aquecidas. Tradicionalmente feito de pele de animais. Seu uso já foi bastante popular em países de clima frio. (N. da T.)

— Uau, que lindo! — exclamou Jane. — O que será que é aquilo? Parece que as fadas plantaram árvores bem pequenininhas e as regaram com luz líquida.

— Bobagem líquida, isso sim! — zombou George, que já frequentava a escola e conhecia a aurora boreal, ou luzes do norte. E assim explicou à menina.

— Mas o que é uma "bobóra roreal" ou sei lá o quê? Quem acende isso? Para que serve? — perguntou Jane.

E George foi obrigado a admitir que não tinha aprendido essa parte.

— Mas sei que tem algo a ver com a Ursa Maior, o Grande Carro, o Arado e a Carroça de Charles[4].

— E o que é tudo isso? — perguntou Jane.

— Ah, são os sobrenomes de algumas famílias estelares. Olha lá, um rojão engraçado — respondeu George, e Jane sentiu como se quase tivesse entendido sobre as famílias estelares.

As lanças de luz encantadas cintilavam e reluziam, muito mais bonitas do que a enorme fogueira escaldante e estridente que soltava fumaça e faísca no jardim do vizinho, e ainda mais lindas do que os fogos coloridos do Palácio de Cristal.

— Queria poder vê-las mais de perto — Jane comentou. — Será que as famílias estelares são boas famílias... do tipo com quem mamãe gostaria que tomássemos chá se fôssemos estrelinhas?

— Não é esse tipo de família, bobinha — respondeu o irmão, tentando explicar com gentileza. — Eu disse "famílias" porque uma criancinha como você não entenderia se eu dissesse constela... ah, deixa para lá, esqueci o fim da palavra. Enfim, as estrelas estão no céu, não tem como tomar chá com elas.

---

[4] O conjunto das sete estrelas mais brilhantes da constelação Ursa Maior é chamado de Grande Carro, Arado ou Carroça de Charles. (N. da T.)

— Não... eu disse *se fôssemos* estrelinhas — corrigiu Jane.

— Mas não somos — George retrucou.

— Não — concordou Jane, com um suspiro. — Eu sei disso. Não sou tão tola quanto você pensa, George. Mas a "borora roberal" está ali na beirada. Não podemos ir até lá?

— Considerando que você tem oito anos, não tem muita noção mesmo. Fica a meio mundo daqui — disse George, chutando a cerca para esquentar os dedos dos pés.

— Parece bem pertinho — respondeu Jane, encolhendo os ombros para manter o pescoço aquecido.

— Ela fica perto do Polo Norte. Olha... eu não dou a mínima para a aurora boreal, mas não me importaria de explorar o Polo Norte. É extremamente difícil e perigoso, porém, depois você volta para casa, escreve um livro com várias fotografias da expedição, e todo mundo diz que você é corajoso.

Jane desceu da cerca.

— Ah, George, *vamos!* — implorou. — Nunca mais teremos uma chance dessa, completamente sozinhos... e já está bem tarde!

— Eu iria agora mesmo se não fosse por você, mas todos já dizem que te levo para o mau caminho — respondeu George, meio revoltado. — Além disso, se fôssemos ao Polo Norte, molharíamos as botas sem querer, e você lembra o que disseram sobre não pisar na grama.

— Disseram no *gramado* — corrigiu Jane. — Não passaremos pelo *gramado*. Ah, George, vamos! Nem parece tão longe assim... Poderíamos voltar antes de ficarem bravos demais.

— Tudo bem, mas saiba que eu não quero ir — concordou George.

E, assim, partiram. Antes de mais nada, cruzaram a cerca, que estava bem fria, esbranquiçada e brilhante, porque começava a congelar, e, do outro lado, estava o jardim do vizinho.

Saíram de lá o mais rápido possível e alcançaram um jardim com outra fogueira imensa e pessoas ao redor, que pareciam ter a pele bem escura.

— Parecem índios — sussurrou George, parando para espiar; mas Jane o puxou pela mão até que passassem pela fogueira, cruzassem um buraco na cerca viva e alcançassem o próximo campo. Este era bem escuro, e, atrás de um bom tanto de outros campos escuros, as luzes do norte brilhavam, reluziam e cintilavam.

Veja bem, durante o inverno, as regiões do Ártico se aproximam muito mais do sul do que mostram os mapas. Poucas pessoas sabem disso, embora pareça óbvio pela quantidade de gelo acumulado nos telhados. E bem quando George e Jane partiram rumo ao Polo Norte, as regiões do Ártico quase atingiam o Forest Hill. Por esse motivo, à medida que avançam, ficava cada vez mais frio — e só então viram os campos cobertos de neve e as imensas estalactites de gelo nas cercas. Mas as luzes do norte ainda pareciam bem distantes.

Atravessavam um campo nevado quando Jane avistou animais pela primeira vez. Havia lebres e coelhos brancos, além de todos os tipos e tamanhos de aves brancas. Algumas criaturas maiores se escondiam nas sombras das cercas vivas, e a menina estava certa de que eram lobos e ursos.

— Quero dizer, ursos-polares e lobos-do-ártico — ela esclareceu, pois não queria que George a visse como uma criança estúpida.

No fim daquele campo, os irmãos se depararam com uma imensa cerca viva, toda coberta de neve e estalactites; entretanto, logo conseguiram encontrar uma passagem e, como não havia sinal de ursos ou lobos, rastejaram pelo buraco e saíram do outro lado do túnel congelado. E ali ficaram paralisados, prendendo a respiração em completo espanto.

Diante deles, numa linha reta e uniforme, uma longa estrada de gelo escuro se estendia até as luzes do norte, ladeada por árvores colossais, que reluziam com a geada esbranquiçada e de cujos galhos pendiam estrelas trançadas em fios de luar, tão brilhantes que pareciam um belo amanhecer encantado. Bem, foi assim que Jane descreveu, mas George comparou a claridade às luzes elétricas do centro de convenções de Earl's Court.

As árvores enfileiradas seguiam em linha reta até muito, muito longe. E, no fim do caminho, brilhava a aurora boreal.

A alguns metros deles, uma placa de neve prateada dizia em letras de gelo cristalino:

CAMINHO PARA O POLO NORTE.

E George comentou:

— Se é o caminho ou não, reconheço um escorregador quando vejo um... e então, aqui vou eu! — e saiu correndo na neve congelada.

Seguindo o exemplo do irmão, Jane também correu, e, no instante seguinte, eles estavam deslizando em pé, com os joelhos firmes e as pernas abertas, pelo imenso escorregador que levava ao Polo Norte.

Essa imponente pista escorregadia era usada pelos ursos-polares, que subiam durante o inverno para pegar alimentos nos estoques do exército e da marinha. Trata-se do escorregador mais perfeito do mundo. Se você nunca se deparou com ele, é porque nunca soltou fogos no dia 11 de dezembro e nunca foi extremamente malcriado ou desobediente — mas não seja assim na esperança de encontrar o imenso escorregador, pois pode acabar achando algo bem diferente e se arrepender no final.

Assim como nos escorregadores comuns, uma vez que você começa a deslizar nessa grande pista escorregadia, é obrigado a descer até o fim — a menos que se jogue ao chão, mas aí se machuca como se tivesse descido naqueles toboáguas de lagoa. E, como o imenso escorregador é uma descida contínua que nos faz ganhar cada vez mais e mais velocidade, George e Jane desciam tão rápido, que não conseguiam observar a paisagem. Conforme deslizavam, viam apenas extensas fileiras de árvores congeladas e lâmpadas estelares, além de um vasto mundo branco e uma profunda noite escura que corriam no sentido contrário em cada um dos lados. Assim como nas árvores, as estrelas também brilhavam no céu como lâmpadas prateadas e, mais adiante, brilhava, cintilava e reluzia a fileira de lanças encantadas. Jane até apontou para elas, e George berrou:

— Consigo ver bem as luzes do norte!

É muito divertido deslizar e deslizar pelo gelo limpo e escuro, principalmente quando se sente que está viajando — ainda mais se o destino for o Polo Norte. Os pés das crianças não faziam barulho no gelo, então, elas seguiram deslizando por um belíssimo silêncio cândido; até que o silêncio se desfez de repente, e um grito ressoou sobre a neve.

— Ei! Você aí! Pare!

— Caia para se salvar! — gritou George antes de se jogar ao chão, pois era a única maneira de parar. Vindo logo atrás, Jane caiu em cima dele, e os irmãos rastejaram de joelhos até a neve fofa na borda da pista. Ali estava um caçador com quepê militar, arma nas costas e bigode congelado — como aquele que vemos nas ilustrações de *Ice-Peter*[5].

— Por acaso vocês teriam alguma bala? — perguntou o homem.

---

[5] História em quadrinhos de Heinrich Christian Wilhelm Busch (1832-1908), influente escritor e caricaturista alemão. As ilustrações de Ice-Peter retratam a história de Peter, um garotinho que se aventura no frio extremo, é socorrido por um caçador, mas acaba sofrendo as consequências por não temer a fúria do inverno. (N. da T.)

— Não — respondeu George, com sinceridade. — Eu tinha cinco cartuchos do papai, mas perdi todos quando a governanta revirou meus bolsos para conferir se eu tinha guardado a maçaneta da porta por engano.

— Sem problemas, esse tipo de acidente acontece — respondeu o caçador. — Se é assim, suponho que não carregue armas de fogo, certo?

— Não tenho *armas* de fogo, mas tenho *fogos* de artifício — respondeu George. — É só um rojão que um rapaz me deu, não sei se serve. — E começou a tatear o bolso da ceroula, procurando o rojão em meio a pedaços de barbante e balinhas de menta, botões, piões, penas, pontas de giz e selos postais.

— Não custa tentar — respondeu o caçador ao lhe estender a mão.

Mas Jane puxou o sobretudo do irmão, e sussurrou:

— Pergunte para que ele quer isso.

E o caçador não teve escolha a não ser confessar que usaria o rojão para matar um tetraz branco. Quando os dois olharam, lá estava a pobre ave sentada na neve, meio pálida e preocupada, esperando que alguma decisão fosse tomada, de um jeito ou de outro.

George então guardou tudo no bolso, e disse:

— Não, eu me recuso. A temporada de caça acabou ontem... ouvi papai dizer... Não seria justo de qualquer modo. Sinto muito, mas não posso... É isso!

O caçador não disse nada, apenas sacudiu o punho para Jane e entrou no escorregador, tentando caminhar em direção ao Palácio de Cristal — o que não seria fácil, pois era uma subida bem escorregadia. Assim, deixaram o senhor tentando e seguiram em frente.

Antes de os irmãos retomarem o caminho, o tetraz branco os agradeceu com algumas palavras gentis e cautelosas. Só então pegaram impulso pelas laterais e voltaram a deslizar pelo imenso escorregador, rumo ao Polo Norte e às belas luzes cintilantes.

A grande pista escorregadia seguia adiante, mas as luzes celestiais não pareciam se aproximar. O silêncio cândido os envolveu enquanto deslizavam pelo caminho longo e gélido, porém logo a calmaria voltou a ser interrompida por alguém gritando:

— Ei! Você aí! Pare!

— Caia para se salvar! — berrou George, jogando-se como antes e parando da única maneira possível, segundos antes de Jane cair em cima dele. Enquanto os dois rastejavam até a borda, surgiu um colecionador de borboletas com óculos azuis, uma rede azul e um livro azul com gravuras coloridas. Estava à procura de novos espécimes.

— Com licença — disse o senhor —, mas vocês teriam uma agulha... uma agulha bem comprida?

— Tenho um *estojo* de agulhas, mas não tem nenhuma agulha nele — respondeu Jane, com gentileza. — George pegou todas para fazer umas coisas com pedaços de cortiça... como explicam no *Manual do Jovem Cientista* e no *Guia do Jovem Mecânico*. Para variar, não construiu nada, porém sumiu com todas as agulhas.

— Que curioso... Eu também queria usar a agulha com um pedaço de cortiça — disse o colecionador.

— Bom, tem algo parecido no meu gorro — disse Jane. — Usei um alfinete para prender a pele de raposa, que rasgou ao enganchar num prego na porta da estufa. É bem comprido e afiado... serviria?

— Não custa tentar — respondeu o colecionador.

Jane começou a procurar o alfinete, mas George beliscou o braço da irmã, e sussurrou:

— Pergunte para que ele quer isso.

Então o colecionador foi obrigado a admitir que usaria o alfinete para prender a imponente mariposa do Ártico, com a justificativa de ser um "espécime magnífico", que gostaria de preservar.

Como era de se esperar, ali estava a imponente mariposa do Ártico, presa na rede do colecionador e bastante atenta à conversa.

— Ah, eu nunca faria isso! — gritou Jane.

E, enquanto George explicava ao colecionador os motivos pelos quais se recusavam a ajudá-lo nisso, a menina desdobrou a rede azul e pediu baixinho à mariposa que saísse por um momento. E ela saiu.

Assim que o colecionador bateu os olhos na mariposa livre, pareceu mais triste do que bravo.

— Ótimo, lá se vai mais uma expedição no Ártico... Tanto trabalho para nada! Agora, tenho que voltar para casa e organizar outra. Isso significa escrever muitos artigos para revistas e tudo mais. Que mocinha inconsequente você é!

E assim seguiram, deixando-o, enquanto também tentava subir a ladeira em direção ao Palácio de Cristal.

Depois de a imponente mariposa do Ártico expressar sua gratidão com um discurso apropriado, George e Jane tomaram impulso na lateral da pista e voltaram a deslizar, em meio às lâmpadas estelares, pelo imenso escorregador rumo ao Polo Norte. Eles desciam cada vez mais e mais rápido, e as luzes à frente ficavam tão, mas tão brilhantes, que não conseguiam manter os olhos abertos, tinham que deixá-los semicerrados ou piscar bastante.

De repente, o imenso corredor terminou num monte colossal de neve. Sem conseguir frear, George e Jane mergulharam direto e afundaram até a cabeça na neve fofa.

Assim que conseguiram sair e espanar as roupas para se livrar da neve, os dois protegeram os olhos e avistaram ali, bem diante deles, a mais bela maravilha do mundo: o Polo Norte. Erguendo-se alto, branco e reluzente, como um gigantesco farol de gelo, estava tão próximo que precisaram inclinar a cabeça ao máximo para trás — e só assim conseguiram enxergar o topo. Era totalmente feito de gelo. Você ouvirá adultos falando muita bobagem a respeito do Polo Norte, e talvez você mesmo fale bobagens sobre isso quando crescer — as coisas mais improváveis às vezes acontecem —, mas, no fundo do seu coração, você deve sempre lembrar que o Polo Norte é feito de gelo cristalino. Se pensarmos bem, nem teria como ser feito de qualquer outra coisa.

Ao redor do grande polo, formando um círculo brilhante, havia centenas de pequenas fogueiras, cujas chamas não bruxuleavam ou crepitavam, e sim ascendiam azuladas, esverdeadas e rosadas, retas como caules de lírios. Bem, foi assim que Jane descreveu, mas George comparou as labaredas a varetas de churrasco.

E essas chamas eram a aurora boreal, que as crianças tinham visto de um lugar tão distante como Forest Hill.

O chão era bem plano, coberto por uma camada de neve lisa e endurecida, brilhante e cintilante como a cobertura de um bolo de aniversário feito em casa — aqueles de confeitaria não brilham e cintilam, porque adicionam farinha ao açúcar de confeiteiro.

— Parece um sonho — disse Jane.

E George completou:

— Este *é* o Polo Norte. Pense no drama que as pessoas inventam sobre chegar até aqui... e nem foi difícil!

— Acho que muitas pessoas já conseguiram chegar... Mas vejo que o problema não é *chegar*, e sim *voltar* — disse Jane, num tom deplorável. — Talvez nunca saibam que *nós* estivemos aqui, e os pintarroxos nos cobrirão com folhas e...

— Bobagem! — disparou George. — Não tem pintarroxo ou folha por aqui. É apenas o Polo Norte, só isso, e eu o encontrei! Agora, vou tentar escalar e enfiar a bandeira britânica lá no topo... Meu lenço vai servir. Inclusive, se for *mesmo* o Polo Norte, a bússola de bolso que o tio James me deu vai girar e girar sem parar, então poderemos ter certeza. Vamos!

Jane o seguiu, e, quando os dois se aproximaram das chamas claras, altas e deslumbrantes, descobriram um bloco de gelo imenso e disforme em torno da base do polo — um gelo cristalino, liso e brilhante, de um azul-escuro e intenso nas partes mais densas, como nos icebergs, e de todos os tipos de cores magníficas, cintilantes e reluzentes nas partes mais finas, como o candelabro de vidro furta-cor na casa da vovó em Londres.

— Que formato curioso — comentou Jane. — É quase como... — deu um passo para trás para ter uma visão melhor — ...é quase como um dragão.

— Lembra muito mais aqueles postes na beira do Tâmisa — constatou George, ao notar algo longo, semelhante a uma cauda ao redor do Polo Norte.

— Ah, George! — gritou Jane. — É *sim* um dragão... consigo ver as asas! O que vamos fazer?

Com certeza *era* um dragão — um imenso, brilhante, alado e escamoso dragão, com garras e uma boca enorme, feito de gelo puro. Devia ter adormecido na beira do buraco de onde saía vapor quente do centro da Terra e, quando o planeta esfriou tanto que a coluna de vapor se transformou no Polo Norte, só pode ter congelado enquanto dormia — congelado demais para se mexer, e ali permanecera desde então. Por mais aterrorizante que fosse, também era muito bonito.

Bem, foi o que Jane disse, mas George retrucou:

— Ah, fique quieta! Estou pensando em como escalar o polo e testar a bússola sem acordar a fera.

De fato, o dragão era lindo, com seu azul profundo e cristalino, seu brilho furta-cor e cintilante. De dentro da espiral gélida formada pela cauda, o Polo Norte se erguia como um pilar feito de um grande diamante, que, de vez em quando, rachava em decorrência do frio. O estalo das pequenas rachaduras era a única coisa que rompia o profundo silêncio cândido, em meio ao qual o dragão repousava como uma joia imensa, rodeado por chamas retas e firmes, como caules de lírios gigantes.

Enquanto as crianças contemplavam o espetáculo mais belo que já tinham visto, ouviram passos apressados e alvoroçados atrás deles. Da escuridão além dos caules flamejantes, surgiu uma multidão de criaturinhas amarronzadas, correndo, pulando, saracoteando, dando cambalhotas, engatinhando, e algumas até andando de ponta-cabeça. Segundos depois, todas deram as mãos, aproximaram-se das fogueiras e começaram a dançar numa grande roda.

— São ursos — sussurrou Jane. — Tenho certeza. Ah, como eu queria estar em casa... E minhas botas estão ensopadas!

A roda dançante se desfez num piscar de olhos, e centenas de braços peludos agarraram George e Jane no instante seguinte. Os dois se viram no meio de uma enorme multidão macia e agitada, repleta de pessoas baixinhas e gordinhas, com roupas de pele marrom. E o silêncio cândido foi por água abaixo.

— Ursos, sério?! — gritou uma voz estridente. — Desejarão que fôssemos ursos quando acabarmos com vocês.

Aquilo soou tão agressivo que Jane começou a chorar. Até então, as crianças só tinham visto as coisas mais belas e maravilhosas do mundo, mas já começavam a se arrepender por ter feito o que lhes disseram para não fazer, e a diferença entre "gramado" e "grama" não parecia tão grande quanto parecera em Forest Hill.

Assim que Jane caiu no choro, todas as pessoinhas se afastaram. Por medo de congelar, ninguém chora no Ártico, então aquela gente nunca vira alguém chorando antes.

— Não chore de verdade, ou vai ficar com frieira nos olhos — sussurrou George. — Finja uivar... Isso deve assustá-los.

Jane improvisou um uivo, e o choro parou — como sempre acontece quando fingimos algo, pode testar.

Assim, falando bem alto para superar os uivos de Jane, George perguntou:

— E aí... quem está com medo agora? Nós somos George e Jane... e vocês?

— Nós somos os anões da pele de foca — respondeu o povo marrom, remexendo o corpinho peludo como o vidro furta-cor de um caleidoscópio. — Somos preciosos e valiosos, pois somos feitos da melhor pele de foca.

— E para que servem essas chamas? — berrou George, pois Jane uivava ainda mais alto.

— São fogueiras que fazemos para descongelar o dragão — gritaram os anões, dando um passo adiante. — Como ele está petrificado, dorme enrolado no polo... Mas, quando derreter com as nossas fogueiras, vai despertar e devorar o mundo todo... menos nós, é claro.

— POR QUE QUEREM QUE ELE FAÇA ISSO? — esgoelou George.

— Ora, só por rancor! — berraram os anões, sem qualquer prudência, como se estivessem dizendo "só por diversão".

Jane, então, parou de gritar e disparou:

— Vocês não têm coração!

— Temos sim! Nosso coração é feito da mais refinada pele de foca, assim como aquelas bolsas grossas de pele de foca...

E deram mais um passo adiante. Todos eram bem gordinhos e redondos. Pareciam pessoas robustas vestidas com jaquetas de couro, mas tinham a cabeça em formato de regalo, pernas que lembravam cachecóis fofinhos, além de mãos e pés finos como carteira de tabaco. O rosto parecia focinho de foca, e também era forrado com pele de foca.

— Muito obrigado por nos contar. Boa noite — disse George, e sussurrou à irmã: — Continue uivando, Jane.

Mas os anões deram outro passo adiante, grunhindo e murmurando. De repente, o burburinho sumiu, e fez-se um silêncio tão profundo, que Jane teve medo de uivar. Era um silêncio marrom, e o silêncio cândido lhe agradava mais.

No instante seguinte, o líder dos anões chegou bem perto dos irmãos, e disse:

— O que é isso na sua cabeça?

George sentiu que estavam perdidos, pois sabia que se referia ao capuz de pele de foca que o pai lhe emprestara.

O anão nem sequer esperou a resposta, e gritou:

— É feito de um de nós! Ou de uma das focas, nossas pobres parentes! Garoto, a partir de agora, o seu destino está selado.

Olhando para aquela multidão de focinhos de foca malvados, George e Jane sentiram que o destino deles estava realmente selado.

Em questão de segundos, os braços peludos dos anões agarraram as crianças. George tentou chutá-los, mas não adiantava bater em pele de foca; e Jane voltou a uivar, porém já não produzia nenhum efeito. Com os irmãos nos braços, as pequeninas criaturas escalaram a lateral do dragão e os deixaram no dorso congelado, com as costas apoiadas no Polo Norte. Você não tem ideia de como estava frio — o tipo de frio que faz qualquer um se sentir pequeno e irritado dentro da própria roupa, desejando ter mais vinte camadas de roupa para se sentir pequeno e irritado dentro delas.

Então, os anões da pele de foca amarraram os dois ao Polo Norte. Como não tinham cordas, usaram guirlandas de neve, que são muito resistentes quando feitas do jeito certo. Por fim, amontoaram as fogueiras bem perto das crianças, e disseram:

— Agora, o dragão vai esquentar e, quando ficar bem quente, ele despertará. Quando despertar, estará faminto e, quando estiver faminto, começará a comer, e a primeira refeição devorada será vocês.

As pequenas chamas finas e multicoloridas subiam como caules de lírio, mas o calor não atingia as crianças, e elas ficavam cada vez mais geladas.

— Pelo menos não estaremos frescos e saborosos quando o dragão nos devorar... já é um consolo — disse George. — Vamos congelar muito antes disso.

De repente, um farfalhar de asas ecoou pelo lugar. Era o tetraz branco, que pousou na cabeça do dragão, e disse:

— Posso ajudá-los de alguma maneira?

A essa altura, as crianças já estavam tão geladas, mas tão, tão geladas, que não conseguiam pensar em nada além do frio, então permaneceram caladas. E o tetraz branco disse:

— Antes de mais nada, estou muito grato pela oportunidade de poder retribuir o seu gesto de valentia diante dos fogos de artifício!

No momento seguinte, ouviram um suave bater de asas acima deles, e milhares de peninhas brancas e fofas começaram a descer suavemente. Sobre George e Jane, elas caíam feito flocos de neve e, assim como as camadas de gelo se acumulam aos poucos, ficavam cada vez mais e mais espessas. Em poucos minutos, as crianças estavam soterradas sob um monte de penas brancas, somente com o rostinho para fora.

— Ah, meu querido e bondoso tetraz branco! — exclamou Jane. — Mas, agora que nos deu todas as suas belas penas, vai ficar com frio, não vai?

O tetraz branco riu, e sua risada foi repetida por milhares de gorjeios gentis e suaves.

— Você achou que todas essas penas vieram de um único peito? Há centenas e centenas de nós aqui, e cada um doou um tufo de penas brancas do próprio peito para manter dois coraçõezinhos bondosos aquecidos! — respondeu o tetraz, cujos modos eram mais do que encantadores.

As crianças se aconchegaram e ficaram bem quentinhas sob o monte de penas. E, quando anões da pele de foca tentaram removê-lo, o tetraz e seus amigos voaram para cima deles, batendo as asas e gritando, até que finalmente se afastaram. Era um povo covarde.

O dragão ainda estava paralisado — mas, a qualquer momento, poderia esquentar o suficiente para se mexer. E, embora George e Jane estivessem aquecidos, não estavam confortáveis, tampouco tranquilos. Eles até tentaram explicar a situação ao tetraz, mas, apesar de educado, ele não era nada esperto, e disse:

— Vocês têm um ninho quentinho, e não permitiremos que ninguém o tire de vocês. O que mais podem querer?

No instante seguinte, ouviu-se um farfalhar de asas diferente e inusitado, muito mais suave do que o alvoroço do tetraz, e os dois gritaram juntos:

— Ah, cuidado com as asas nas chamas!

Logo reconheceram a imponente mariposa do Ártico.

— O que houve? — perguntou o inseto, pousando na cauda do dragão.

E os irmãos lhe contaram tudo.

— Pele de foca, é isso mesmo? Esperem um minuto!

Ela alçou um voo sinuoso para se esquivar das chamas e, logo depois, retornou, trazendo consigo tantas mariposas, que era como se um lençol de asas brancas tivesse se estendido entre as crianças e as estrelas.

Finalmente, a sina dos anões malvados da pele de foca se lançou sobre eles.

Isso porque o imenso lençol de brancura alada se desfez e caiu como flocos de neve sobre os anões; entretanto, cada floco era uma mariposa inquieta e faminta, que enterrava a boca voraz na pele de foca dos anões. Os adultos podem até dizer que não são as mariposas, e sim os filhotes de mariposa que comem pele — mas isso é só uma tentativa de enganar as crianças. Quando vocês não estão por perto, eles dizem coisas como: "Acho que as mariposas devoraram minha estola de arminho" ou "Pobre tia Emma, tinha um lindo casado de zibelina, mas as mariposas acabaram com ele".

E ali estava a maior concentração de mariposas do mundo, todas sobrevoando os anões da pele de foca, que só perceberam o perigo quando já era tarde demais. Elas começaram a fazer certos pedidos, como cânfora, coloquíntida, óleo de lavanda, sabão, borax, e alguns anões até saíram correndo para conseguir os itens da lista, mas, antes que chegassem à botica, já estava tudo esgotado. As mariposas comeram, comeram e comeram, até que os anões, integralmente constituídos de pele de foca — inclusive seu coração vazio —, foram devorados até a morte. Um a um eles caíram na neve, e, assim, foram exterminados.

◆ E. NESBIT ◆

Toda a neve do Polo Norte ficou marrom, coberta pelos restos de pelica murcha e lisa.

— Ah, obrigada... muito obrigada, queridas mariposas do Ártico! — agradeceu Jane. — Vocês são tão bondosas... espero que não tenham comido tanto a ponto de passar mal depois!

E milhões de mariposas responderam, com uma risadinha tão suave quanto o bater de suas asas:

— Seríamos um péssimo bando se não nos empanturrássemos de vez em quando... para ajudar um amigo.

Por fim, todas voaram para longe, o tetraz branco partiu logo atrás, os anões da pele de foca jazeram mortos e as fogueiras se apagaram. George e Jane ficaram sozinhos no escuro com o dragão!

— Oh, céus! Isso é ainda pior! — gritou Jane.

— E não temos mais amigos para nos ajudar — completou George, sem imaginar que o próprio dragão pudesse auxiliá-los. Naturalmente, essa era uma hipótese que não teria ocorrido a garoto nenhum.

Ficava cada vez mais e mais frio, e as crianças tremiam debaixo das penas de tetraz. Quando a temperatura estava tão baixa que nenhum termômetro suportaria sem espatifar, o frio finalmente estabilizou, e o imenso corpo congelado se soltou do Polo Norte.

De repente, o dragão se espreguiçou sobre a neve e disse:

— Agora sim! Aquelas fogueiras estavam me matando!

A verdade é que os anões da pele de foca seguiram a lógica errada: como o dragão estivera congelado por muito tempo, ele já não passava de um imenso bloco de gelo puro, e o fogo só lhe dava a sensação de que estava prestes a morrer. Quando as fogueiras se apagaram, ele se sentiu renovado e muito faminto. A primeira coisa que fez ao despertar foi olhar ao redor em busca de alimento, e só não encontrou os irmãos porque estavam morrendo de frio em suas costas.

Aos poucos, ele se afastou, e as guirlandas de neve que prendiam as crianças ao polo se soltaram com um estalo. A cada passo, o animal chacoalhava e tilintava, exatamente como faz um lustre de cristal quando alguém o toca — o que é estritamente proibido fazer. Assim, a fera cristalina se foi, rastejando rumo ao sul, com Jane e George nas imensas costas escamosas. Bem, é claro que seguiu para o sul, pois não há outro caminho quando se está no Polo Norte. Também é claro que existem milhares de rotas a partir do Polo Norte, então precisamos admitir que George e Jane tiveram muita sorte quando o dragão seguiu o caminho certo e firmou a pata pesada no imenso escorregador. E lá foi ele, correndo apressado entre as lâmpadas estelares, bem na direção de Forest Hill e do Palácio de Cristal.

— Ele está nos levando para casa — disse Jane. — Ah, é um dragão bonzinho. Como estou feliz!

George também estava feliz, por mais que nenhum dos dois soubesse como seriam recebidos em casa — principalmente porque os pés estavam molhados, e levavam consigo um dragão desconhecido.

A viagem foi muito rápida, porque dragões conseguem subir ladeiras com a mesma facilidade de descê-las. Você não entenderia muito bem o motivo se eu lhe contasse, porque ainda está aprendendo as quatro operações básicas; porém, caso queira descobrir para exibir seus conhecimentos, eu conto. Isso acontece porque os dragões conseguem colocar a cauda na quarta dimensão e se apoiar nela — e essa capacidade torna tudo mais fácil.

Como já disse, a fera subiu muito rápido, e só parou para devorar o colecionador de borboletas e o caçador, que ainda sofriam para escalar o imenso escorregador — inutilmente, porque não tinham cauda, nem sequer conheciam a quarta dimensão.

Quando o dragão enfim alcançou a ponta da pista, rastejou bem devagar pelo campo escuro, anterior àquele iluminado pela fogueira, ao lado do jardim do vizinho em Forest Hill.

Ele foi caminhando cada vez mais devagar, até que parou totalmente no quintal da fogueira. Como as regiões do Ártico não tinham descido tanto assim, e o calor do fogo estava forte demais, o dragão começou a derreter, derreter e derreter. Antes que percebessem o que estava acontecendo, as crianças se viram sentadas numa grande poça gelada, com as botas encharcadas e sem nem um pedacinho do dragão!

Finalmente, entraram em casa.

Um adulto ou outro notou que as botas de George e Jane estavam molhadas, cheias de lama, e que ambos estiveram sentados num lugar muito úmido, então foram mandados imediatamente para a cama.

Já passava da hora, de qualquer modo.

Agora, se você tem uma mente questionadora — o que não é muito apropriado para um jovenzinho que lê contos de fada —, vai querer saber como a aurora boreal ainda brilha intensamente nas noites frias se todos os anões da pele de foca morreram e todas as fogueiras se apagaram.

Meu caro, eu também não sei! Não me envergonho de admitir que há determinadas coisas desconhecidas para mim, e essa é uma delas. Só sei que quem reacendeu aquelas fogueiras certamente não é um anão da pele de foca. Todos eles foram devorados pelas mariposas, e restos de pele esfarrapada não servem para nada, nem para acender fogueiras!

V.

A ILHA DOS NOVE REDEMOINHOS

O arco sombrio que levava à caverna da bruxa tinha uma cortina de serpentes vivas, todas pretas com listras amarelas. Ao adentrar a caverna escura, a rainha se manteve cuidadosamente no meio da cortina, enquanto as serpentes alçavam a cabeça maligna e achatada, encarando-a com olhos amarelados e perversos. Todos sabem que não é de bom-tom encarar alguém, mesmo que seja um membro da realeza — com exceção para os gatos, é claro. E as serpentes eram tão mal-educadas, que até mostraram a língua para a pobre senhora. Aquelas línguas nojentas, finas e pontudas.

Bem, o marido da rainha era, claro, o rei. Além de rei, era feiticeiro, considerado um dos melhores da área. Sem dúvida, era um sujeito muito esperto e sabia que, quando reis e rainhas queriam filhos, a rainha sempre procurava uma bruxa. Assim, deu à esposa o endereço daquela caverna sombria. Apesar de sentir muito medo e não gostar nada daquilo, a rainha obedeceu e encontrou uma velha senhora sentada junto a uma fogueira de gravetos, mexendo algo borbulhante num caldeirão de cobre reluzente.

— O que deseja, meu bem? — perguntou à visita.

— Ah, por gentileza, gostaria de um bebê... um bebê muito lindo — respondeu a rainha. — Dinheiro não é problema para nós. Meu marido disse...

— Ah, sim — interrompeu a bruxa. — Já sei tudo sobre ele. Então a senhora quer um bebê? Está ciente de que vai lhe trazer sofrimento?

— Vai me trazer alegria primeiro — respondeu a rainha.

— Grande sofrimento — retrucou a bruxa.

— Imensa alegria — respondeu a rainha.

Por fim, a bruxa disse:

— Bem, façamos do seu jeito. Suponho que voltar de mãos vazias custaria o seu título, não é?

— O rei ficaria bem irritado — respondeu a pobre rainha.

— Entendo. E o que me dará pelo bebê? — indagou a bruxa.

— O que pedir, e tudo o que eu tiver — disse a rainha.

— Nesse caso, me dê a coroa de ouro.

A rainha a tirou depressa.

— E o colar de safiras azuis.

A rainha abriu o fecho.

— E as pulseiras de pérola.

A rainha desatou os nós.

— E os broches de rubi.

A rainha abriu o alfinete.

— Agora os lírios no corselete.

A rainha recolheu os lírios.

— E os diamantes das fivelas desses sapatinhos brilhantes.

A rainha descalçou os sapatos.

Em seguida, a bruxa mexeu a substância do caldeirão e, um a um, acrescentou os pertences da rainha: a coroa de ouro, o colar de safira, as pulseiras de pérola, os broches de rubi, os diamantes das fivelas dos sapatinhos brilhantes e, por último, os lírios.

A coisa dentro do caldeirão fervilhou, soltando espumas reluzentes em tons de amarelo, azul, vermelho, branco e prata, além de um intenso aroma adocicado. Logo depois, a bruxa despejou o conteúdo numa xícara e a deixou esfriando na entrada da caverna, sob a cortina de cobras.

Com o feitiço pronto, ela disse à rainha:

— Sua criança terá o cabelo tão dourado quanto a coroa, olhos tão azuis quanto as safiras. O vermelho dos rubis repousará nos lábios, e será clara e lívida como as pérolas. Terá uma alma cândida e doce como os lírios, e os diamantes não serão tão brilhantes quanto sua inteligência.

— Ah, obrigada, obrigada — agradeceu a rainha. — Quando aparecerá?

— Estará à sua espera no castelo.

— E a senhora não vai ficar com nada? — indagou a rainha. — Nem um presentinho? Algo que esteja precisando... Talvez algumas terras ou um saco de joias?

— Nada, obrigada — respondeu a bruxa. — Eu poderia fazer mais diamantes num único dia do que usaria num ano inteiro.

— Tudo bem, mas me permita fazer algo pela senhora — insistiu a rainha. — Não está cansada de ser bruxa? Que tal ser duquesa, princesa... ou algo assim?

— Há uma única coisa de que eu gostaria, mas é difícil encontrar no meu ramo — disse a bruxa.

— Ah, diga o que é! — exclamou a rainha.

— Eu gostaria de ser amada — revelou a bruxa.

A rainha, então, deu-lhe um abraço e cinquenta beijos.

— Ora essa, eu a amo mais do que a minha própria vida! A senhora me deu o bebê... E o bebê também vai amá-la!

— Talvez amará... E, quando a tristeza chegar, pode me chamar — respondeu a bruxa. — Cada um dos cinquenta beijos equivale a um feitiço para me levar até você. Agora beba a poção e volte logo para casa, minha querida.

A rainha bebeu a substância da xícara, que a essa altura já estava bem fria, e cruzou o arco das serpentes. Por sorte, todas se comportaram tão bem quanto criancinhas na escola dominical, e algumas até tentaram fazer uma mesura quando ela passou — algo bem difícil de ser feito com o rabo pendurado e de ponta-cabeça. Como agora sabiam que a mulher era amiga de sua mestra, é claro que se esforçaram ao máximo para ser civilizadas.

E, assim que a rainha chegou em casa, lá estava o bebê, deitado num berço com o brasão real estampado, chorando da maneira mais natural possível. Tinha fitinhas cor-de-rosa amarradas nas mangas, e logo a mãe viu que era uma menina. Quando o rei soube disso, arrancou os cabelos negros com fúria.

— Ah, sua tola... Que rainha tola! — esbravejou. — Por que não me casei com uma dama mais inteligente? Acha que eu me incomodaria e gastaria tanto dinheiro com a bruxa para receber uma menina? Você sabia muito bem que eu queria um menino... um garotinho, um herdeiro, um príncipe... para aprender todas as minhas magias e feitiços, para governar o reino depois de mim! Aposto uma coroa, minha coroa, que você nem sequer pensou em dizer à bruxa que gênero de bebê queria! Pensou?

A rainha baixou a cabeça, e confessou que só pedira um bebê.

— Muito bem, senhora. Ótimo, você quem manda — respondeu o rei, em tom de ironia. — Aproveita sua filha enquanto ainda é uma criança.

E a rainha aproveitou. Se somasse toda a felicidade que já sentira até então, não daria nem metade da felicidade que experimentava cada uma das vezes que segurava a bebezinha no colo. Com o passar dos anos, o rei ficou mais e mais especialista na magia, assim como mais e mais desagradável em casa. A princesa, por outro lado, ficava mais linda e mais querida a cada dia de vida.

Certa manhã, a rainha e a princesa estavam nas fontes do jardim, alimentando os peixinhos dourados com as migalhas do bolo de dezoito anos da princesa, quando o rei apareceu, vermelho de raiva, com seu corvo preto saltitando logo atrás. Ele sacudiu o punho para a própria família, como costumava fazer toda vez que as encontrava, pois não era um rei de bons modos familiares. O corvo, por sua vez, sentou-se na beira da fonte de mármore e tentou pegar um peixinho dourado. Era o máximo que podia fazer para demonstrar o mesmo estado de espírito de seu mestre.

— Uma menina! — esbravejou o rei. — Como consegue me olhar nos olhos sabendo que sua estupidez estragou tudo?

— Não deveria falar com a minha mãe assim! — retrucou a princesa. Ela já tinha dezoito anos, mas só então lhe ocorreu, num instante de clareza, que era uma mulher adulta e podia se manifestar.

O rei não conseguiu proferir uma única palavra por vários minutos. Estava bravo demais. Mas a rainha respondeu, num tom meio furioso, porque estava bastante assustada:

— Minha filha querida, não se intrometa.

E se dirigiu ao marido:

— Meu bem, por que ainda se importa com isso? Nossa filha não é um menino, eu sei... Mas ela pode se casar com um homem inteligente, que assumiria o trono e aprenderia todos os feitiços que queira ensinar.

O rei, então, recuperou a voz e falou lentamente:

— Se ela se casar, será com um homem muito inteligente... Sim, muito, muito inteligente! E teria que aprender mais feitiços do que eu lhe ensinaria.

Pelo tom de voz, a rainha sabia que ele estava prestes a ser desagradável, e interrompeu:

— Ah, não puna a menina por amar a própria mãe!

— Não vou puni-la por isso — ele retrucou. — Só vou ensiná-la a respeitar o próprio pai.

Sem mais nada a declarar, dirigiu-se ao laboratório e passou a noite trabalhando, fervendo poções coloridas em caldeirões e reproduzindo feitiços de livros antigos, com manchas de bolor nas páginas amareladas e caligrafia rebuscada.

No dia seguinte, já tinha um plano arquitetado. Ao amanhecer, levou a pobre princesa à Torre Solitária, que fica numa ilha em alto-mar, a dois mil quilômetros de qualquer lugar habitado. Deixou à disposição da menina um dote e uma mesada generosa, depois, contratou um dragão competente para vigiá-la e um grifo respeitável, de cujo nascimento e criação o rei tinha total conhecimento. Estando tudo arranjado, explicou à princesa:

— Aqui você deve ficar, minha cara e respeitável filha, até que o homem inteligente apareça para se casar com você. Deverá ser inteligente o suficiente para cruzar os nove redemoinhos que cercam os mares desta ilha, matar o dragão e o grifo. Até a chegada do rapaz, você não vai envelhecer ou amadurecer. Ele certamente aparecerá logo. Enquanto isso, você pode se ocupar com os bordados do vestido de noiva. Desejo-lhe muita alegria, minha filha obediente.

E a carruagem real puxada por trovões — porque trovões viajam muito rápido — ergueu-se no ar e desapareceu, abandonando a pobre princesa com o dragão e o grifo na ilha dos Nove Redemoinhos.

A rainha, deixada em casa, chorou por um dia e uma noite, até que se lembrou da bruxa e a chamou. Em instantes, a velha apareceu, e a mãe da menina lhe contou tudo.

— Pelos cinquenta beijos que a senhora me deu, prometo ajudá-la — respondeu a bruxa. — Mas é a última coisa que posso fazer, e não é muito. Sua filha está enfeitiçada, porém, posso levá-la até ela. O único problema é que, se fizermos isso, a senhora se transformará em pedra e permanecerá assim até que o feitiço da menina seja desfeito.

— Eu passaria cem anos como uma pedra inútil se pudesse ver minha filha amada outra vez.

Então a bruxa partiu com a rainha numa carruagem puxada por raios de sol — que são mais rápidos do que qualquer outra coisa no mundo, inclusive os trovões —, cada vez mais longe do continente e mais perto da Torre Solitária na ilha dos Nove Redemoinhos. E lá estava a princesa, sentada no chão do melhor quarto da Torre Solitária, chorando como se seu coração fosse explodir, com o dragão e o grifo sentados aprumados, um de cada lado.

— Ah, minha mãe, minha mãe! — gritou a menina, abraçando a rainha como se nunca mais fosse soltá-la.

— Bom, posso fazer uma ou duas coisinhas por vocês — interrompeu a bruxa, depois de as duas lavarem a alma de tanto chorar. — O passar do tempo não deixará a princesa triste. Todos os dias serão como um só, até que seu libertador apareça. E nós duas, querida rainha, nos transformaremos em estátuas de pedra na entrada da torre. Ao fazer isso pela senhora, perderei todos os meus poderes, e também serei petrificada assim que o feitiço for lançado. Se algum dia recuperarmos a forma humana, não serei mais bruxa, apenas uma velha feliz.

As três trocaram vários beijos e abraços, a bruxa lançou o feitiço e, em cada lado do portão principal, havia agora uma dama de pedra. Uma delas tinha uma coroa de pedra na cabeça e um cetro de pedra na mão, enquanto a outra segurava uma placa de pedra com registros incoerentes aos olhos do grifo e do dragão, por mais que ambos fossem muito bem instruídos.

Todos os dias eram um único dia para a princesa, e o dia seguinte sempre parecia aquele em que a mãe finalmente sairia da pedra e a beijaria outra vez. E os anos se passaram lentamente. O rei malvado morreu, outra pessoa assumiu o trono, e muitas coisas mudaram no mundo — mas a ilha permanecia igual, assim como os nove redemoinhos, o grifo, o dragão e as duas damas de pedra. Desde o primeiro dia, o resgate da princesa se aproximava cada vez mais e mais. Apenas ela mesma sabia disso, e somente em sonho conseguia prever sua salvação. Dezenas e centenas de anos se passaram, mas os nove redemoinhos continuavam girando, rugindo triunfantes as inúmeras histórias de bons navios que foram sugados por seus turbilhões, levando consigo príncipes empenhados em conquistar a princesa e seu dote. Já o grandioso oceano conhecia as histórias dos outros príncipes, aqueles que tinham saído de muito longe, mas abanaram a cabeça em negação assim que avistaram os redemoinhos e gritaram:

— Abortar! Abortar! — e então voltaram sem grandes alardes aos seus reinos tranquilos, seguros e confortáveis.

Mas ninguém contava a história do salvador que chegaria. E os anos se passaram.

Depois de muito tempo, tantas décadas que você nem gostaria de vê-las registradas, certo marinheiro navegava em alto-mar com o tio, um capitão habilidoso. O menino sabia içar vela, enrolar corda e manter a proa estável contra o vento; e, acima de tudo, era um bom menino, do tipo que se encontra uma vez em nunca, com uma educação digna de príncipe.

Além disso, existe algo mais sábio do que toda a sabedoria do mundo. Esse Algo sabe dizer quando as pessoas são dignas de ser príncipes e veio do lugar mais remoto do sétimo mundo para sussurrar ao ouvido do menino.

O menino ouviu, embora não soubesse disso, depois fitou o mar escuro, repleto de espumas brancas galopando como cavalos na crista das ondas. Bem ao longe, viu uma luz, e perguntou ao tio:

— Que luz é aquela?

E o capitão respondeu:

— Que todo o bem do mundo nos afaste daquela luz, Nigel. Não aparece em todos os mapas, mas está marcada no antigo mapa pelo qual me guio, que foi do pai do meu pai antes de ser meu, e do pai do pai dele antes de ser dele. É a luz da Torre Solitária, acima dos nove redemoinhos. Quando o meu avô era jovem, ele ouviu de um velho senhor, o tataravô dele, que uma bela princesa, tão clara como a luz do dia, vive naquela torre à espera de um resgaste... Mas é impossível salvá-la. Enfim, nunca navegue naquela direção e não pense mais nessa tal princesa, porque é só uma lenda boba. Mas os redemoinhos... esses sim são reais.

É claro que, a partir daquele dia, Nigel não pensou em outra coisa. Costumava navegar para cá e para lá em alto-mar, e por vezes avistava a luz brilhando acima do turbilhão selvagem dos nove redemoinhos. Então, certa noite, aproveitando que o navio estava ancorado e o capitão dormia no beliche, Nigel lançou o barco do navio e navegou sozinho pelo mar escuro em direção à luz. Ele não arriscou avançar muito antes de o sol revelar como eram, de fato, os temidos redemoinhos.

Assim que o dia raiou, a sombria Torre Solitária se destacou do rosa amarelado a leste, e logo abaixo estavam os redemoinhos de água escura, cujos estrondos extraordinários podiam ser ouvidos de onde estava. Ali Nigel passou o restante daquele dia — e os próximos seis dias. Depois de observar por uma semana inteira, ele, enfim, entendeu. Isso porque certamente entendemos algo se passarmos sete dias pensando apenas nisso, ainda que seja a conjugação do pretérito mais-que-perfeito, a tabuada do nove ou todo os reinados da Normandia.

Contudo, o que Nigel entendeu foi: durante cinco minutos dos mil e quatrocentos e quarenta minutos que constituem um dia, os redemoinhos se silenciavam, enquanto a maré baixava e a praia amarelada aparecia. Isso acontecia todos os dias, mas sempre cinco minutos mais cedo do que tinha sido no dia anterior. Graças ao cronômetro do navio, que tivera a brilhante ideia de levar consigo, o menino estava certo disso.

No oitavo dia, cinco minutos antes do meio-dia, Nigel estava a postos. Quando os redemoinhos pararam e a maré baixou de repente, como água numa bacia furada, ele remou com toda a força e desembarcou na praia amarelada. Sem perder tempo, arrastou o bote até uma caverna e se sentou para esperar.

Cinco minutos e um segundo depois do meio-dia, os redemoinhos estavam escuros e agitados outra vez, então espiou para fora da caverna. No penhasco acima do mar, estava a princesa, deslumbrante como a luz do dia, de cabelos dourados e um vestido verde.

Encantado com a cena, Nigel foi ao seu encontro.

— Vim salvá-la — declarou. — Como você é linda e encantadora!

— Você é muito bondoso, inteligente e querido! — respondeu a princesa, sorrindo e lhe dando as duas mãos.

Antes de soltá-las, o menino deu um beijinho em cada mão e disse:

— Quando a maré baixar, partiremos juntos no bote.

— Mas e o dragão e o grifo? — perguntou a princesa.

— Minha nossa! Não sabia deles... Acho que posso matá-los.

— Não seja tolo — respondeu a princesa, fingindo ser muito adulta. Embora estivesse na ilha por sabe-se lá quantos anos, ainda tinha apenas dezoito e gostava de fingir maturidade. — Você não tem espada, nem escudo... não tem nada!

— Bom, as feras nunca dormem?

— Ora, sim — respondeu a princesa —, mas só uma vez a cada vinte e quatro horas. O dragão dorme como uma pedra, mas o grifo é meio sonâmbulo. O grifo sempre dorme na hora do chá, porém o dragão dorme todo dia por cinco minutos, e sempre três minutos mais tarde do que no dia anterior.

— A que horas ele dormirá hoje? — perguntou Nigel.

— Às onze — respondeu a princesa.

— Ah... você saber fazer contas? — o rapaz indagou.

— Não — disse a menina, com grande pesar. — Nunca fui boa em matemática.

— Então, eu faço... consigo resolver sozinho, mas é um trabalho demorado e me deixa muito irritado. Vai levar dias e dias...

— Não comece ainda — interrompeu a princesa. Terá tempo de sobra para ficar irritado quando não estivermos juntos. Que tal me falar sobre você?

Nigel falou. Logo depois, a princesa contou toda a sua história.

— Sei que estou aqui há muito tempo, mas não sei o que é "tempo" — disse ela. — E estou muito ocupada costurando flores de seda no meu vestido de noiva dourado. O grifo faz todo o serviço de casa, já que suas asas emplumadas são ótimas para varrer e tirar pó. O dragão é responsável pela cozinha, porque é quente por dentro e tem facilidade com fogo. Embora eu não saiba que dia é hoje, sei que o meu casamento está quase chegando, pois só falta uma margarida na manga e um lírio no corselete para o vestido dourado ficar pronto.

Nesse instante, um ruído abafado e um bufo violento ecoaram nas pedras acima deles.

— É o dragão! Adeus! Seja um bom menino, não se esqueça de fazer as contas logo.

E a princesa saiu correndo, deixando Nigel a sós com os cálculos.

A questão era a seguinte: se os redemoinhos param e a maré desce uma vez a cada vinte e quatro horas, cinco minutos mais cedo do que no dia anterior; e, se o dragão dorme todo dia, três minutos mais tarde do que no dia anterior, em quantos dias e a que horas a maré baixaria três minutos antes de o dragão adormecer?

Como pode ver, trata-se de uma operação muito simples. Você poderia resolvê-la em minutos, porque frequentou uma boa escola e se esforçou nas lições de casa — mas esse não era o caso do pobre Nigel, então, ele se sentou para esmiuçar a questão com um pedaço de calcário numa pedra lisa. Tentou utilizar a lógica e o método unitário, a multiplicação e a regra de três. Experimentou deslocar as vírgulas nas casas decimais e aplicar juros compostos, resolver por raiz quadrada e cúbica. Testou a adição simples e outros métodos mais complexos, além de números mistos e frações. Mas tudo era inútil. Apelou para a álgebra, com equações de primeiro e segundo grau, depois, à trigonometria, aos logaritmos e às seções cônicas. Nada adiantava. A cada cálculo, ele encontrava uma resposta, é verdade, porém uma era sempre diferente da outra, e não tinha certeza de qual estava certa.

E bem quando ele refletia sobre a importância vital de saber resolver as próprias contas, a princesa apareceu. Já estava anoitecendo.

— Ora essa, faz sete horas que está debruçado nessas contas... e ainda não acabou! — exclamou a princesa. — Veja o que está escrito na placa de uma das estátuas no portão principal. Tem algumas figuras esculpidas... Talvez seja a resposta.

A princesa, então, entregou-lhe uma imensa folha de magnólia branca, cheia de anotações que fizera com o alfinete do broche de pérola — que viraram traços amarronzados, como acontece ao riscar qualquer folha de magnólia. No mesmo segundo, Nigel leu:

◈ E. NESBIT ◈

DEPOIS DE NOVE DIAS
Hora 24.
Dia 27.
Obs.: O grifo é artificial. C.

O rapaz bateu palmas baixinho, e disse:

— Querida princesa, sei que é a reposta certa. Aqui diz C também, está vendo? Mas vou tirar a prova real. Num instante, Nigel realizou as operações inversas das somas, das equações e das seções cônicas, aplicando todas as regras de que se lembrava. O resultado bateu todas as vezes.

— Agora, devemos esperar — disse o menino. E eles esperaram.

Todos os dias, a princesa levava comida do dragão para Nigel, que passou a morar na caverna. Quando não estava conversando com a donzela, ele estava pensando nela, e os dois pareciam tão felizes quanto o dia mais longo do verão. Até que finalmente chegou O Grande Dia. Nigel e a princesa estavam prontos para colocar o plano em ação.

— Tem certeza de que o dragão não vai machucá-la, meu tesouro? — Nigel se certificou.

— Sim — confirmou a menina. — Só queria ter a mesma certeza de que não vai machucar você.

— Minha princesa, duas grandes forças estão do nosso lado: o amor e a matemática. Não há nada mais forte do que esses dois poderes.

Assim, quando a maré desceu, os dois saíram da caverna e correram até a praia. Ali, bem diante da janela pela qual o dragão vigiava, Nigel tomou a princesa nos braços e a beijou. O grifo estava ocupado varrendo a escadaria da Torre Solitária, mas o dragão viu e soltou um grito de raiva estridente — como se vinte locomotivas apitassem o mais alto possível dentro da estação Cannon Street.

Os dois namorados fitaram o dragão lá no alto. Era pavoroso. Tinha uma cabeça grisalha em razão da idade, e a barba estava tão comprida, que se enroscava nas garras enquanto ele andava. As asas já estavam brancas pelo acúmulo de sal da maresia, e a cauda era longa, grossa, articulada e branca, com várias perninhas embaixo — perninhas até demais —, parecendo uma centopeia grande e gorda. As garras eram longas como aula de matemática, afiadas como baionetas[6].

— Adeus, querido! — gritou Nigel, então correu pela areia amarelada em direção ao mar. Amarrada ao braço, tinha a ponta de uma corda.

O dragão desceu pela frente do rochedo e, no instante seguinte, já estava na praia, rastejando, serpenteando e se contorcendo atrás de Nigel. As patas gigantescas faziam grandes buracos, e a ponta da cauda — em que não tinha pezinhos — deixava um rastro semelhante ao deixado pelos barcos arrastados ao mar. A fera soltava tanto fogo, que a areia molhada voltou a chiar, e a água das pequenas piscinas naturais se assustou e evaporou de uma vez.

Apesar da fúria do dragão, Nigel aguentava firme. A princesa não enxergava nada por causa do vapor e chorava angustiada, mas, ainda assim, segurava com a mão direita a outra ponta da corda de Nigel. Com a esquerda, ela cuidava do cronômetro do navio e conferia os segundos em meio às lágrimas, para saber exatamente quando puxar a corda — como o menino lhe pedira.

E pela areia Nigel corria, pela areia o dragão o perseguia. A maré estava baixa, com ondinhas sonolentas desenrolando na costa.

Quase dentro da água, Nigel parou e olhou para atrás; então, o dragão deu um bote no menino e gritou de raiva, mais alto

---

6 Faca acoplada à ponta de uma arma de fogo. (N. da T.)

do que todas as locomotivas de todas as ferrovias da Inglaterra. Contudo, o rugido furioso não se repetiu. De repente, a fera percebeu que estava sonolenta demais e correu de volta à terra seca, porque dormir perto de redemoinho é perigoso; mas, antes que alcançasse a orla da praia, o sono a pegou e a transformou em pedra. Ao ver aquilo, Nigel se apressou em direção à praia, ávido para se salvar — a maré já começava a subir e o sono dos redemoinhos quase chegava ao fim. Ele tentou correr na água, tropeçou e nadou em desespero, então, a princesa puxou a corda com toda a força e o arrastou até a parte seca da ilha. A essa altura, o mar já se espalhava e voltava a sustentar os nove redemoinhos.

O dragão, por outro lado, permaneceu adormecido sob os turbilhões. Só percebeu que se afogava cinco minutos depois, quando enfim acordou e deu de cara com o fim.

— Agora, falta o grifo — disse Nigel.

— Sim... só o grifo — respondeu a princesa, dando-lhe um beijo de despedida.

De volta ao castelo, enquanto costurava a última folha do último lírio no corselete do vestido de noiva, ela pensou e pensou naquilo que a pedra dizia a respeito do grifo. No dia seguinte, disse a Nigel:

— Você sabe que um grifo é meio leão e meio águia... e as outras duas metades, quando unidas, formam o leão-grifo. Nunca vi um desses, mas tenho uma ideia.

Os dois então discutiram e chegaram a um plano.

Naquela tarde, assim que o grifo adormeceu após o chá, Nigel caminhou em silêncio por trás dele e pisou em sua cauda. Ao mesmo tempo, a princesa gritou:

— Cuidado! Tem um leão atrás de você!

Num sobressalto, o animal acordou, virou o enorme pescoço para trás, viu um traseiro de leão e cravou o bico de águia nele. Como o grifo fora criado artificialmente pelo rei feiticeiro, uma metade nunca tinha se acostumado à outra de fato. Em razão disso, a metade águia do grifo, que ainda estava meio sonolenta, acreditou que lutava contra um leão; assim como a metade leão, também sonolenta, pensou que se defendia de uma águia — e o grifo inteiro, em seu profundo torpor, não estava em condição de se recompor e se lembrar do que era feito. Ele rolava e se debatia, uma metade brigando com a outra, até a parte águia desferir uma bicada mortal no leão, e a parte leão rasgar a águia com suas garras letais. Assim, o grifo feito de leão e águia morreu — como se fosse uma junção dos gatos de Kilkenny[7].

— Pobre grifo... Era muito bom no serviço de casa — lamentou a princesa. — Sempre gostei mais dele. Não era tão esquentado como o dragão.

Naquele momento, ouviu-se uma tênue agitação atrás da princesa, e ali estava a mãe dela, a rainha, que escapulira da estátua de pedra graças à morte do grifo e corria para abraçar a filha. A bruxa descia sem pressa o imponente pedestal, pois estava um pouco travada depois de tanto tempo imóvel.

E, quando cada um já tinha contado e repetido os mínimos detalhes do que se passara, a bruxa perguntou:

— Mas como estão os redemoinhos?

Nigel não fazia ideia. Então, a velha disse:

— Não sou mais bruxa, apenas uma velha feliz, mas ainda sei algumas coisas. Aqueles redemoinhos foram feitos pelo rei feiticeiro, que pingou nove gotas do próprio sangue no mar. Seu sangue era tão maligno, que o mar vem tentando se livrar dele desde então, por isso forma os terríveis redemoinhos. Agora, você só pode sair na maré baixa.

---

[7] Referência à antiga lenda irlandesa sobre dois gatos que lutaram até a morte na cidade de Kilkenny. A expressão "gatos de Kilkenny" pode ser utilizada para se referir a conflitos em que ambos os lados serão perdedores. (N. da T.)

Nigel entendeu o recado, saiu na maré baixa e encontrou um grande rubi vermelho no buraco escavado pelo primeiro redemoinho. Era a primeira gota do sangue maligno. No dia seguinte, encontrou a segunda. Mais uma no outro dia, e assim por diante, até o nono dia — quando o mar já estava liso como vidro.

Mais tarde, os rubis foram usados na agricultura. Se quisesse uma terra arada, bastava jogá-los no campo, e toda a superfície se revirava em instantes para se livrar daquela substância maligna. Em menos de vinte e quatro horas, formavam-se sulcos perfeitos, arados de maneira minuciosa, como se algum rapaz de Oxford tivesse feito o trabalho. No fim das contas, o rei malvado fez algo bom.

A calmaria do oceano acabou atraindo navios de terras distantes, curiosos para ouvir a incrível história da ilha, e um lindo palácio foi construído. A princesa se casou com Nigel em seu vestido dourado, e todos viveram felizes enquanto foi bom para eles.

O dragão continua lá, como uma imensa estátua de dragão na areia, e as crianças brincam em cima dele quando a maré baixa. Quanto ao grifo, as partes que restaram foram enterradas num canteiro de ervas do jardim real. O pobre fizera com maestria o serviço de casa e não tinha culpa da maldade por trás de sua criação, muito menos da terrível incumbência de afastar a donzela de seu amado.

Sei que está curioso para saber como a princesa se sustentou durante os longos anos em que o dragão cozinhou para ela. Meu caro, ela se sustentou com a mesada — e isso é algo que muitas pessoas gostariam de poder fazer.

VI

OS DOMADORES DE DRAGÃO

Era uma vez um castelo muito, muito antigo — tão antigo que as paredes, as torres, os torreões, os portões e os arcos eram apenas ruínas. De todo o esplendor centenário, restaram apenas dois quartinhos em pé, e foi ali que John, o ferreiro, montou sua forja. Era pobre demais para morar numa casa de verdade, e ninguém cobrava aluguel pelos quartinhos da ruína, já que todos os herdeiros do castelo estavam mortos havia muitos anos. Então era ali que John soprava seu fole, martelava seu ferro e fazia todo trabalho que aparecia. Não era muito, porque a maioria dos clientes procurava o prefeito da cidade, que também era ferreiro e administrava um negócio próspero, um estabelecimento que ficava bem em frente à praça principal da cidade e empregava doze aprendizes, que passavam o dia martelando como um bando de pica-paus, sob a supervisão de doze artesãos experientes. Também tinha uma forja de última geração, um martelo automático e foles elétricos. Tudo à sua volta era belo e imponente; e é claro que os cidadãos sempre procuravam o prefeito quando precisavam de uma ferradura nova ou um eixo remendado.

Enquanto isso, John se esforçava ao máximo nas poucas encomendas de viajantes e forasteiros que não conheciam a excelência da forja do prefeito. Como os dois quartinhos da ruína eram quentes e abafados, bem apertados, o ferreiro guardava placas de ferro, miudezas, restos de madeira e dois centavos de carvão no imenso calabouço debaixo do castelo. Tratava-se, na verdade, de uma masmorra bastante imponente, com teto abobadado e argolas de ferro presas às paredes, do tipo forte e útil para amarrar prisioneiros. Numa das extremidades do lugar, havia também um lance de degraus corroídos que ninguém sabia para onde levava. Nem mesmo os antigos donos do castelo, nos tempos de glória da família, conheciam aquela escuridão enigmática — por mais que costumassem empurrar prisioneiros escada abaixo com a plena certeza de que jamais voltariam. E, assim como os antigos moradores, o ferreiro nunca se atreveu a ultrapassar o sétimo degrau — muito menos eu, então sei tanto quanto ele sabia sobre o fim daquela escada.

John tinha uma esposa e um bebê. Quando ela não estava ocupada com o serviço de casa, amamentava o filho recém-nascido e chorava, lembrando-se dos bons tempos na morada do pai, que tinha uma vida pacata no interior e criava dezessete vacas. A mulher suspirava pelas visitas de John naquela época, quando ele viaja para cortejá-la nas tardes de verão, tão lindo e inteligente, com uma bela flor na lapela. Agora, John estava ficando grisalho, e mal tinham o que comer.

O filho chorava nos momentos mais inoportunos e, toda noite, abria um berreiro assim que a mãe se deitava para dormir, quase como um hábito. Ela mal conseguia descansar, e isso a deixava cada vez mais exausta.

O bebê compensava as noites mal dormidas durante o dia, se assim desejasse, mas a mãe não podia se dar ao luxo de um cochilo. Assim, toda vez que não tinha o que fazer, costumava se sentar e chorar, porque estava cansada de tanto trabalho e preocupação.

Certa noite, o ferreiro trabalhava em sua forja, produzindo uma ferradura para a cabra de uma senhora muito rica, que queria testar como o animal se sairia com uma ferradura antes de encomendar um conjunto completo por cinco ou seis centavos. Essa era a única encomenda que John recebera na semana. Enquanto isso, a esposa amamentava o bebê, que, por milagre, não estava chorando.

De repente, acima do ruído dos sopros e das marteladas, um barulho intenso surgiu. O ferreiro e a esposa se entreolharam.

— Não ouvi nada — disse ele.

— Nem eu — disse ela.

O barulho aumentou, e os dois estavam tão decididos a ignorá-lo, que ele começou a martelar a ferradura da cabra com mais força e ela começou a cantar para o bebê — algo que não tinha ânimo de fazer havia semanas.

Em meio aos sopros, marteladas e cantorias, o barulho ficava cada vez mais alto. Quanto mais tentavam não ouvir, mais ouviam. Parecia o ruído de alguma criatura grande ronronando, ronronando e ronronando; e os dois estavam em negação porque o som vinha da masmorra no subsolo, onde estavam as placas de ferro, a lenha, o carvão de dois centavos e os degraus desgastados que desapareciam na escuridão desconhecida.

— Não deve ser nada na masmorra — disse o ferreiro, enxugando o rosto. — Daqui a pouco, vou ter que descer para pegar mais carvão.

— Claro, não tem nada lá. Como poderia ter? — respondeu a mulher.

E se esforçaram tanto para acreditar que seria impossível haver algo ali, que, eventualmente, quase acreditaram de verdade.

Então o ferreiro segurou a pá numa mão, o martelo na outra, pendurou a antiga lamparina do estábulo no mindinho e desceu para buscar o carvão.

— Não estou levando o martelo por achar que tem algo ali, e sim por ser útil para quebrar o carvão — explicou.

— Entendo bem — respondeu a esposa, que buscara um punhado de carvão naquela mesma tarde e sabia que estava todo em pó.

Assim, John desceu a escada caracol até a masmorra e ficou parado no fim dos degraus, segurando a lanterna acima da cabeça para se certificar de que estava vazia como sempre. Metade dela estava vazia como sempre, exceto pelo ferro, as miudezas, a lenha e o carvão. Mas a outra metade não estava. Estava cheia, bem cheia de dragão.

"Deve ter subido os terríveis degraus desgastados, vindo sabe-se lá de onde", pensou o ferreiro, tremendo da cabeça aos pés, enquanto tentava subir a escada caracol em silêncio.

Mas o dragão foi mais rápido: estendeu uma garra gigantesca e o agarrou pela perna. Conforme se mexia, a fera ressoava um som estridente, semelhante ao ruído de um molho de chaves ou de uma folha de aço usada para imitar trovão em pantomimas.

— Não, não vai subir — balbuciou o dragão, num tom explosivo como rojão.

— Ai... ai de mim! — sussurrou John, tremendo como nunca na garra do dragão. — Que belo fim para um ferreiro de respeito!

O dragão pareceu impressionado pelo comentário.

— Pode repetir o que disse? — pediu gentilmente.

E John repetiu com bastante clareza:

— *Que – belo – fim – para – um – ferreiro – de – respeito.*

— Eu não sabia disso — respondeu o dragão. — Imagine só! Você é exatamente o que eu estava procurando!

— Foi o que pensei desde o começo... — respondeu John, rangendo os dentes de pavor.

— Ah, não foi isso que quis dizer — respondeu o dragão. — Gostaria que fizesse um trabalho para mim. Uma das minhas asas perdeu alguns rebites logo acima das juntas. Você poderia consertá-la?

— Posso sim, senhor — respondeu John, com bastante gentileza, pois é sempre importante tratar um possível cliente com cortesia, mesmo que ele seja um dragão.

— Um mestre-artesão[8]... você é mestre, certo? Consegue encontrar o problema num instante — prosseguiu o dragão. — Venha aqui examinar as minhas placas, por favor.

Embaraçado com a situação, John se aproximou assim que o animal recolheu a garra. A asa esquerda estava pendurada, e muitas das placas próximas às juntas seguramente precisavam de reparo.

Quase todo o corpo do dragão parecia revestido de uma armadura de ferro, com uma cor meio avermelhada e enferrujada, talvez por efeito da umidade. No entanto, por baixo da grossa camada de ferro, o animal parecia envolto em algo peludo.

O espírito de ferreiro aflorou no coração de John, e ele se sentiu mais à vontade.

---

[8] Título atribuído a artesãos habilidosos e experientes. O termo "mestre-artesão" remonta a tempos antigos, quando aprendizes passavam anos aperfeiçoando suas habilidades sob a tutela de mestres renomados. (N. da T.)

— O senhor realmente precisa de um ou dois rebites... Na verdade, precisa de um bom tanto — disse ele.

— Bom, então manda ver! — disse o dragão. — Você conserta a minha asa e, depois, eu saio devorando toda a cidade. Se fizer um excelente trabalho, deixo para comê-lo por último. É isso aí!

— Não quero ser devorado por último, senhor — protestou John.

— Tudo bem, posso comê-lo primeiro — disse o dragão.

— Também não quero isso, senhor.

— Vamos logo, seu estúpido — respondeu o dragão. — Você não sabe o que está dizendo. Vamos, mão na massa.

— Não gostei da proposta, senhor. Esta é a verdade. Sei como acidentes acontecem num piscar de olhos. Está tudo calmo e tranquilo, chega um cliente e "por favor, arrume minhas asas para eu devorá-lo". Aí você aceita o trabalho, dá uma beliscadinha sem querer, ou aperta demais um parafuso... e só recebe fogo e fumaça em troca, sem nenhum pedido de desculpas.

— Isso não vai acontecer, dou minha palavra de dragão.

— Sei que não faria isso de propósito, mas qualquer cavalheiro daria um pulo ou um suspiro se levasse um beliscão... E um suspiro seu já seria demais para mim. E se eu amarrasse o senhor?

— Ora, seria muito vergonhoso.

— Nós sempre amarramos o cavalo, e ele é conhecido como o "nobre animal" — argumentou John.

— Tudo bem, mas como sei que vai me soltar quando o trabalho estiver pronto? — indagou o dragão. — Quero alguma garantia. O que o senhor tem de mais valioso?

— Meu martelo — disse John. Um ferreiro não é nada sem seu martelo.

— Mas precisaria dele para me consertar. Pense logo em outra coisa, ou será o primeiro a ser devorado.

Nesse segundo, o bebê começou a chorar no andar de cima. Como a mãe estava muito quieta, o menino pensou que ela já estivesse na cama e entendeu que era hora de chorar.

— O que foi isso? — perguntou o animal, tão assustado que cada placa do corpo tilintou.

— É só o bebê — respondeu John.

— O que é isso? Algo valioso para o senhor?

— Ora, sim, senhor. Bastante.

— Então traga-o aqui. Ficará sob meus cuidados até que termine o conserto, e assim poderá me amarrar — sugeriu o dragão.

— Combinado, senhor — concordou John. — Mas devo avisá-lo de que bebês são venenosos para dragões. Pode até tocá-lo, porém jamais coloque um bebê na boca. Eu não gostaria que um cavalheiro de fino trato como o senhor sofresse algum dano.

O dragão ronronou com o elogio, e disse:

— Tudo bem, tomarei cuidado. Agora vá buscar a tal coisa, seja lá o que for.

John subiu as escadas o mais rápido possível. Ele sabia que, se o dragão ficasse impaciente antes de estar amarrado, poderia quebrar o teto da masmorra com uma única cabeçada e matar toda a família. Apesar dos gritos do bebê, a esposa estava dormindo, então John pegou o filho, desceu a escadaria e o colocou entre as patas dianteiras do dragão.

— Apenas ronrone para ele, e ficará quieto como um ratinho — aconselhou o pai.

O dragão ronronou, e o ruído agradou tanto o bebê, que ele até desistiu de chorar.

Nesse meio-tempo, John revirou o amontoado de ferro velho na masmorra e encontrou algumas correntes pesadas, além de uma boa coleira produzida nos tempos em que os homens trabalhavam cantando e se dedicavam de corpo e alma à criação de peças robustas, capazes de suportar o peso dos séculos — quem dirá a força de um dragão.

E foi com essas correntes e a coleira que o ferreiro prendeu o animal. Depois de fechar o cadeado, finalmente começou a contar quantos rebites seriam necessários.

— Seis, oito, dez... vinte... quarenta! Não tenho nem metade dos rebites necessários. Se me der licença, vou até outra forja buscar algumas dezenas. Não levarei mais de um minuto.

E foi embora, deixando o filho entre as patas dianteiras do dragão. Sem a mínima noção do perigo, o recém-nascido ria e se divertia com o rom-rom estridente.

John correu o mais rápido possível até a cidade e encontrou o prefeito com todos os funcionários.

— Tem um dragão na masmorra, mas consegui amarrá-lo. Venham me ajudar a salvar o bebê!

E contou tudo a eles.

Por coincidência, todos tinham algum compromisso naquela noite, então elogiaram a inteligência de John e demonstraram tranquilidade em deixar o assunto nas mãos dele.

— Mas e o meu filho? — perguntou John.

— Ora, se algo acontecer, você sempre lembrará que ele morreu por uma boa causa — disse o prefeito.

John voltou para casa e contou parte da história à esposa.

— Você entregou o bebê ao dragão?! — ela gritou. — Minha nossa, que pai desnaturado!

— Xiu! — ele sussurrou ao ser interrompido, e logo contou o resto. — Agora, preciso descer. Assim que eu estiver lá embaixo, você pode ir. É só manter a calma que o menino ficará bem.

O ferreiro desceu, e lá estava o dragão, ronronando com toda a força para manter o bebê quieto.

— Anda logo! Não consigo continuar com esse barulho a noite toda — disse a fera.

— Sinto muito, mas todas as lojas estão fechadas. O trabalho precisa esperar até amanhã. E não esqueça que prometeu cuidar do bebê. Talvez ache um pouco cansativo. Boa noite, senhor.

O dragão ronronou até perder o fôlego, e tudo ficou em silêncio. No mesmo instante, o bebê pensou que todos tinham se deitado para dormir e que estava na hora de começar a gritar. Então, começou.

— Minha nossa, isso é terrível! — esbravejou o dragão. Ele até tentou dar um tapinha nas costas do bebê com a garra imensa, mas o menino só chorou ainda mais.

— Estou tão cansado... Realmente esperava uma boa noite de sono — lamentou.

O bebê continuou gritando.

— Nunca mais terei paz depois disso... É o suficiente para deixar qualquer um louco! Xiu! Silêncio! — vociferou, tentando aquietá-lo como se fosse um filhotinho de dragão. E, quando começou a cantar "nana dragão", o bebê gritou mais, mais e mais. — É impossível mantê-lo calado — concluiu.

De repente, a fera avistou uma mulher sentada no primeiro degrau da escada caracol.

— Ei, você! Por acaso sabe cuidar de bebês? — perguntou.

— Sei um pouco — respondeu a mãe.

— Então, seria ótimo se você cuidasse deste aqui e me deixasse dormir — sugeriu o dragão, bocejando. — Pode me devolver amanhã cedo, antes de o ferreiro chegar.

A mulher pegou o bebê, levou-o para o andar de cima e avisou o marido. O casal foi dormir feliz, pois tinha prendido o dragão e salvado o filho.

No dia seguinte, John desceu à masmorra e explicou gentilmente ao dragão o que aconteceria; depois, pegou um portão de ferro e o soldou ao pé da escada. Furioso, ele miou sem parar por dias a fio, mas enfim percebeu que era inútil e se calou.

Passado um tempo, John se encontrou com o prefeito, e disse:

— Peguei o dragão e salvei a cidade.

— Nobre salvador! Vamos levantar fundos para o senhor e agradecê-lo em praça pública com uma coroa de louros! — exclamou o prefeito.

Ele então contribuiu com cinco libras, cada um dos funcionários doou três, e outros moradores deram moedas de ouro e de prata. Enquanto arrecadavam as doações, o prefeito tirou dinheiro do próprio bolso e fez três encomendas ao poeta da cidade para celebrar a ocasião. Os poemas foram muito elogiados, principalmente, pelo prefeito e por seus funcionários.

O primeiro falava sobre a honradez do prefeito ao garantir que o dragão fosse amarrado. O segundo descrevia a magnífica ajuda oferecida pelos funcionários da forja. E o terceiro expressava o orgulho e a alegria do poeta em poder declamar tais feitos, diante dos quais as maravilhas de São Jorge parecem banais para quem tem o coração sensível e a mente equilibrada.

As doações chegaram às mil libras quando foram encerradas, e se formou um comitê para decidir o que deveria ser feito com o dinheiro. Um terço da quantia foi usado num banquete oferecido ao prefeito e seus funcionários; outro terço foi dispendido na compra de um colar de ouro com pingente de dragão para o prefeito e medalhas de ouro estampadas com figuras de dragão para os funcionários; e o restante cobriu as despesas do comitê.

Não sobrou nada para o ferreiro, além da coroa de louros e do título de salvador da cidade, mas as coisas até melhoraram um pouco depois disso. Para começar, o bebê não chorava tanto como antes, e a senhora rica, proprietária da cabra, ficou tão comovida pela atitude heroica de John, que encomendou um conjunto completo de ferraduras por dois xelins e quatro centavos — além de dar uma gorjeta de dois xelins e seis centavos, em reconhecimento e gratidão ao comportamento altruísta do ferreiro. Nas semanas seguintes, turistas de regiões longínquas começaram a aparecer em grupos, dispostos a pagar dois centavos por pessoa apenas para descer a escada caracol e espiar o dragão enferrujado atrás das grades da masmorra. Se o ferreiro acendesse o fogo colorido para iluminar a fera, o grupo pagava três centavos a mais — dos quais John lucrava dois centavos e meio, já que o fogo logo apagava e consumia apenas meio centavo. A esposa do ferreiro também passou a servir uma xícara de chá por nove centavos, e a situação da família melhorava a cada semana.

O bebê, chamado John, em homenagem ao pai, e que tinha Johnnie como apelido, cresceu muito rápido. Era o melhor amigo de Tina, a filha do funileiro, que morava quase em frente às ruínas. Tina era uma linda garotinha de olhos azuis e tranças loiras, e já estava cansada de ouvir a história de como um dragão cuidara de Johnnie quando era bebê. Os dois costumavam descer até a masmorra, e ali acendiam um fogo colorido de meio centavo para espiar a fera pelas grades de ferro. Às vezes, ouviam um miado melancólico vindo de lá.

E os amigos cresceram, e ficaram ainda mais espertos.

Certo dia, o prefeito e seus funcionários saíram para caçar lebre no bosque com suas capas douradas, mas logo voltaram gritando, com a notícia de que um gigante manco e corcunda, do tamanho de uma capela, saíra do pântano em direção à cidade.

— Estamos perdidos! — exclamou o prefeito. — Darei mil libras a quem mantiver aquele gigante bem longe da cidade. Sei bem o que ele come... Só pelos dentes dá para saber.

Estavam todos desnorteados, ninguém parecia saber o que fazer; porém, Johnnie e Tina ouviram, trocaram um olhar e saíram correndo o mais rápido que suas botas permitiam.

Em poucos minutos, alcançaram a forja de John, desceram as escadas da masmorra e bateram na grade de ferro.

— Quem é? —perguntou o dragão.

— Somos nós — responderam as crianças.

E o animal, entediado depois de dez anos sozinho na masmorra, disse:

— Entrem, queridos.

— Não vai nos machucar, nem cuspir fogo ou algo do tipo? — perguntou Tina.

Ao que o dragão respondeu:

— De jeito nenhum.

Então, eles entraram e conversaram com a fera. Disseram como estava o clima do lado de fora, contaram as últimas notícias do país e, enfim, Johnnie disse:

— Tem um gigante manco na cidade. Ele está atrás de você.

— Está? — perguntou o dragão, mostrando as presas. — Se ao menos eu pudesse sair daqui!

— Se deixarmos você sair, pode tentar fugir antes que ele consiga alcançá-lo.

— Sim, posso... mas talvez não — respondeu.

— Ora... por que não luta com ele? — perguntou Tina.

— Nunca! Sou da paz, acreditem — disse o dragão. — Libertem-me e verão com os próprios olhos.

De imediato, as crianças o soltaram das correntes e da coleira, ele destruiu uma das paredes da masmorra e fugiu — parando apenas na forja, para que o ferreiro consertasse a asa quebrada.

No portão principal da cidade, encontrou o gigante corcunda, que bateu nele com um porrete, como se batesse numa bigorna. E o dragão se defendeu como ferro derretido: soltando fogo e fumaça. Foi uma cena tenebrosa, e quem via de longe caía de joelhos com o impacto de cada golpe — mas sempre se levantava para continuar assistindo.

Por fim, o gigante desistiu e fugiu para o pântano. Já o dragão, exausto depois de vencer a briga, anunciou que comeria a cidade na manhã seguinte, e foi embora dormir. Como era forasteiro, não conhecia nenhum albergue respeitável e acabou voltando à antiga masmorra.

Nesse intervalo, Tina e Johnnie procuraram o prefeito e disseram:

— O gigante deu no pé. Por favor, dê-nos a recompensa de mil libras.

Mas o prefeito retrucou:

— Não, nada disso, rapaz. Não foram vocês que expulsaram o gigante, foi o dragão. Suponho que esteja acorrentado de novo, certo? Quando ele vier reivindicar a recompensa, receberá sem problemas.

— Ainda não está acorrentado — disse Johnnie. — Devo mandá-lo receber o dinheiro?

O prefeito pediu que não se preocupasse com aquilo, e então ofereceu mil libras a quem acorrentasse o dragão outra vez.

— Não confio no senhor — respondeu Johnnie. — Veja como tratou meu pai quando ele acorrentou o dragão...

De repente, os funcionários que ouviam por trás da porta se intrometeram na conversa para dizer que, se Johnnie conseguisse prender o dragão, eles destituiriam o prefeito e colocariam o menino no lugar dele. Já estavam insatisfeitos com o governante havia um tempo, e uma mudança não seria nada mau.

Sem hesitar, Johnnie respondeu:

— Feito! — e saiu de mãos dadas com Tina.

Logo depois, convocaram vários amiguinhos e perguntaram:

— Vocês podem nos ajudar a salvar a cidade?

E todas as crianças responderam:

— Sim, claro que sim! Que divertido!

— Ótimo! Amanhã, tragam suas tigelas de pão e leite para a forja. O café da manhã será aqui — ordenou Tina.

— Se algum dia eu me tornar prefeito, vou oferecer um banquete a todos vocês. Não comeremos nada além de doces, do começo ao fim da festa.

Todas as crianças se comprometeram.

No dia seguinte, Tina e Johnnie desceram uma banheira bem grande até o pé da escada caracol.

— Que barulho é esse? — perguntou o dragão.

— Era só um gigante respirando — respondeu Tina. — Ele já foi embora.

Assim que as crianças chegaram com o pão e o leite, a menina jogou tudo dentro da banheira e só parou quando a comida estava prestes a transbordar; então, bateu na grade e disse:

— Posso entrar?

— Ah, sim. Está bem chato aqui sozinho.

Os dois amigos entraram e, com a ajuda de outras nove crianças, ergueram a banheira e a deixaram ao lado do dragão. Assim que todas saíram, Tina e Johnnie se sentaram e começaram a chorar.

— O que foi? — perguntou o dragão. — Qual o problema?

— Aqui está, pão e leite. Era o nosso café da manhã... tudinho aqui — respondeu Johnnie.

— Ora, não sei por que se importam com o café da manhã — respondeu a fera. — Vou devorar toda a cidade assim que estiver um pouco mais descansado.

— Caro senhor dragão, eu gostaria que não nos devorasse — disse Tina. — Você gostaria de ser devorado?

— Claro que não! Mas ninguém vai me devorar.

— Será? Tem um certo gigante... — retrucou Johnnie.

— Eu sei. Nós já brigamos... e dei um banho nele!

— Sim, mas tem outro vindo... Aquele com o qual brigou era apenas o filho deste. O pai é quase o dobro do filho.

— Não! Ele é sete vezes maior — corrigiu Tina.

— Não, nove vezes! — acrescentou Johnnie. — É maior do que a torre da igreja!

— Minha nossa! Fui pego de surpresa!

— E pior, o prefeito passou o endereço do seu esconderijo — Tina prosseguiu. — Assim que estiver com o facão afiado, virá fazer picadinho de você. O prefeito também contou que você é um dragão selvagem... Mas ele nem se importou, disse que come apenas dragões selvagens... com molho de pão.

— Já estou farto disso. E suponho que a coisa gosmenta na banheira seja o molho de pão, certo? — perguntou o dragão.

As crianças concordaram:

— Ora, claro. Molho de pão só acompanha dragão selvagem. Os domesticados são servidos com suco de maçã e recheio de cebola. É uma pena que não seja domado... ele nunca teria se interessado por você — disseram os dois. — Adeus, pobre dragão. Nunca mais nos veremos... mas enfim saberá como é ser devorado. — e voltaram a chorar.

— Ora, vejam bem... Vocês não podem fingir que sou domesticado? Digam ao gigante que sou apenas um pobre dragãozinho tímido e domado que pegaram para criar.

— Ele nunca acreditaria — respondeu Johnnie. — Se você fosse nosso dragão de estimação, teríamos que mantê-lo acorrentado, né? Não iríamos arriscar perder nosso animalzinho tão querido.

O dragão então implorou que o acorrentassem, e eles obedeceram. Em instantes, ataram a coleira e as correntes feitas décadas antes — nos tempos em que os homens trabalhavam cantando e faziam peças robustas, capazes de suportar qualquer coisa.

Logo depois, saíram correndo para contar ao povo o sucesso da missão, e Johnnie se tornou prefeito da cidade. Como prometido, ofereceu um banquete aos amigos, com nada além de doce no menu. De entrada, serviram manjar turco e fatias húngaras; depois, trouxeram laranja, caramelo, raspadinha de coco, balinha de hortelã, massa folhada com geleia, xarope de groselha, sorvete e merengue. De sobremesa, tinha pirulito, pão de mel e balinha ácida.

A vida estava ótima para Johnnie e Tina — entretanto, se você for uma criança gentil, de bom coração, talvez sinta pena do pobre dragão enganado e iludido, acorrentado na masmorra entediante, sem nada para fazer além de ruminar as mentiras absurdas que Johnnie lhe contara.

Quando enfim se deu conta de que fora enganado, o pobre prisioneiro começou a chorar, e lágrimas pesadas rolaram pela armadura enferrujada. De repente, certa tontura começou a perturbá-lo — daquela que às vezes sentimos ao chorar muito, ainda mais quando passamos mais de dez anos sem comer. Assim, em meio à confusão mental, a criatura miserável secou as lágrimas, olhou ao redor, encontrou a banheira de pão com leite e pensou: "Se os gigantes gostam desta coisa branca e gosmenta, talvez eu goste também". Então, ele experimentou, e gostou tanto que comeu até a última migalha.

No dia seguinte, quando os turistas chegaram e Johnnie acendeu o fogo colorido, o dragão disse com timidez:

— Peço perdão por incomodá-lo, mas poderia trazer um pouco mais de leite e pão?

A partir disso, Johnnie ordenou que alguns funcionários saíssem todos os dias com carrinhos de compra, coletando pão e leite das crianças para alimentar o dragão. Os amiguinhos do prefeito comiam o que quisessem à custa da prefeitura, e não queriam nada além de bolo, rosquinhas e balinhas. Para eles, o pobre dragão podia comer seu pão e leite à vontade.

Dez anos depois, Johnnie ainda era prefeito e estava noivo de Tina. Na manhã do casamento, os dois desceram para ver o dragão, que se tornara uma fera domesticada. Algumas das placas enferrujadas caíram com o passar dos anos, revelando uma pelagem bem fofinha por baixo, perfeita para receber carinho. E o casal aproveitou para acariciá-lo.

— Não sei como já gostei de comer outra coisa além de pão e leite. Agora eu *sou* um dragão domado, né?

Ambos assentiram, e ele continuou:

— Sou tão bonzinho, por que não me soltam?

Algumas pessoas ficariam receosas de confiar nele, mas Johnnie e Tina estavam tão felizes com o casamento, que nem sequer consideravam a existência de maldade no mundo. Sem pensar muito, abriram os cadeados, e o dragão disse:

— Um momento, por favor... Tem uma ou duas coisinhas que gostaria de pegar. — então, desceu a escada misteriosa até desaparecer na escuridão. Conforme se mexia, mais e mais placas enferrujadas caíam da armadura.

Poucos minutos depois, ouviram-no tilintar pela escadaria outra vez. Subia com algo na boca. Era um saco de ouro.

— Não uso isso aqui... talvez seja útil para vocês — disse ele. E o casal agradeceu com muita gentileza.

— Tem mais de onde veio esse — prosseguiu o dragão, subindo com mais e mais ouro, até que dissessem "chega!". Os noivos estavam ricos, assim como o resto da família. Na verdade, todo mundo estava rico, e não haveria mais pobreza na cidade. Todos ficaram ricos sem trabalhar — o que é muito errado, mas o dragão não sabia disso porque nunca tinha ido à escola, como você vai.

Quando saiu da masmorra, seguindo Johnnie e Tina em direção ao brilho dourado e azulado do casamento, ele piscou os olhos como um gato à luz do dia e se chacoalhou inteiro, de modo que as últimas placas enferrujadas caíram, e com elas também se foram as asas. O dragão era igualzinho a um gato gigantesco, e ficou cada vez mais peludo. Era o primeiro de todos os gatos do mundo. Nada restou do dragão — exceto as garras, que todo gato ainda tem.

Espero que tenha entendido a importância de alimentar seu gato com pão e leite. Se deixá-lo comer apenas rato e passarinho, ele pode crescer e ficar violento, desenvolver escama e cauda, adquirir asas e se tornar o primeiro de todo os dragões do mundo. E todo o transtorno estaria de volta.

VII

O DRAGÃO FLAMEJANTE

OU O CORAÇÃO DE PEDRA
E O CORAÇÃO DE OURO

A princesinha branca acordava em sua caminha branca assim que os estorninhos começavam a piar nas manhãs cinzentas. Enquanto a floresta ainda despertava, os pezinhos descalços subiam depressa a escadaria da torre, e, lá do alto, a menina de camisola branca mandava beijos ao sol, à floresta e à cidade adormecida. Sempre dizia:

— Bom dia, lindo mundo!

Então, descia correndo os degraus de pedra fria, vestia uma saia curta, um chapéu e um avental. Assim, começava mais um dia de trabalho. Ela varria os cômodos, preparava o café da manhã, lavava a louça e areava as panelas. Fazia tudo isso porque era uma princesa de verdade. Porque, de todos que deveriam servi-la, apenas uma pessoa permanecera fiel: sua ama, com quem morava na torre desde os primeiros anos de vida. Como a governanta já estava muito debilitada, a menina não lhe permitia trabalhar, então fazia todo o serviço de casa sozinha, enquanto a velha senhora descansava e costurava — porque era uma princesa de verdade, com a pele suave feito leite, o cabelo macio feito linho e o coração valioso feito ouro.

O nome dela era Sabrinetta, e sua avó era Sabra, a mulher que se casou com São Jorge quando ele matou o dragão. Pelos diretos reais, todo o país pertencia a Sabrinetta: as florestas, que se estendiam até as montanhas, as falésias que davam no mar, os belos campos de milho e centeio, as oliveiras, os vinhedos e a própria cidadezinha — com suas torres e torreões, telhados inclinados e janelas esquisitas — que ficava na depressão entre o mar do redemoinho e as montanhas rosadas — esbranquiçadas pela neve e avermelhadas pela aurora.

Bem, quando o pai e a mãe da menina morreram, o reino foi deixado aos cuidados do primo de Sabrinetta, até que ela atingisse a maioridade; mas ele se revelou um príncipe muito malvado, tirou tudo da verdadeira herdeira, e o povo passou a obedecê-lo. De todos os bens, não restava mais nada a Sabrinetta além da grande torre à prova de dragão, construída por São Jorge, seu avô. E de todos os criados que deveriam servi-la, não restava mais ninguém além da governanta bondosa.

Graças a isso, Sabrinetta foi a primeira pessoa de toda a região a vislumbrar a maravilha.

Cedo, cedo, bem cedinho, enquanto toda a cidade dormia profundamente, ela subiu correndo a escadaria caracol e fitou o campo. Do outro lado, havia um canteiro de hortaliças verdinhas, uma cerca viva de roseiras espinhosas e a floresta. Essa era a vista que Sabrinetta apreciava do alto da torre quando, de repente, a cerca viva de roseira chacoalhou e remexeu de maneira estranha; então, algo muito claro e brilhante saiu dali, entrou no canteiro de hortaliças e, depois, voltou. Tudo aconteceu em milésimos de segundos, mas ela viu com clareza, e disse a si mesma:

— Minha nossa, que criatura estranha e brilhante! Se fosse maior, e eu não soubesse que monstros fantásticos foram extintos há muito tempo, quase pensaria ter visto um dragão.

Seja lá o que fosse, era bem parecido com um dragão, só que pequeno demais, e bem parecido com um lagarto, só que grande demais. Também era comprido como um tapete.

— Queria que não estivesse com tanta pressa de voltar para a floresta — disse Sabrinetta. — Claro, estou bem segura na minha torre à prova de dragão, porém... se for um dragão, é grande o suficiente para comer uma pessoa. E hoje é Dia de Maio, as crianças vão pegar flores na floresta para o festival da primavera.

Assim que Sabrinetta terminou o serviço de casa — não deixava um único grãozinho de poeira para trás, nem mesmo no cantinho mais estreito da escada caracol —, colocou um vestido de seda branca com bordado de margaridas e subiu ao topo da torre outra vez.

Pelo campo, grupos de crianças caminhavam para colher as flores de maio, e o ruído das risadas e cantorias chegava até o topo da torre.

— Espero muito que não tenha sido um dragão — disse Sabrinetta.

As crianças passavam em grupos de quatro, cinco, dez e vinte, e o vermelho, azul, amarelo e branco dos vestidos e casacas se espalhavam pelo verde do campo.

— Parece um manto de seda verde com flores bordadas! — exclamou a princesa, sorrindo encantada.

E os grupos de quatro, cinco, dez e vinte desapareceram na floresta, até que o manto voltasse ao verde puro de antes.

— Todo o bordado foi desfeito — disse a princesa, suspirando preocupada.

O sol brilhava, o céu estava azul, os campos, bem verdinhos, e as flores reluziam, porque era Dia de Maio.

Entretanto, num piscar de olhos, uma nuvem cobriu o sol, o silêncio foi rompido por gritos vindo de longe e, como uma enxurrada colorida, todas as crianças irromperam da floresta. Formou-se uma onda vermelha, azul, amarela e branca de grito e desespero. As vozes alcançaram os ouvidos da princesa na torre, e as palavras se entrelaçavam aos gritos como contas em agulhas afiadas:

— O dragão! Dragão! Dragão! Abram os portões! O dragão está vindo! O dragão flamejante!

Como uma manada desenfreada, elas varreram o campo e cruzaram o portão da cidade. A princesa ouviu o estrondo do portão se fechando, e as crianças sumiram de vista. Do outro lado do campo, as rosas estalavam e caíam da cerca viva, e uma criatura grande, reluzente e tenebrosa pisoteou o canteiro de hortaliças antes de se esconder na imensidão da floresta.

A princesa se apressou a avisar a ama, que logo trancou a porta da torre e guardou a chave no bolso.

— Que se virem sozinhos — disse à menina, que implorava para sair e ajudar as crianças. — Meu trabalho é cuidar de você, meu bem precioso, e é isso que estou fazendo. Posso estar velha, mas ainda consigo virar uma chave.

Sabrinetta voltou ao topo da torre e chorou, pensando nas crianças e no dragão flamejante. Sabia que os portões da cidade não eram à prova de dragão e que o animal poderia simplesmente entrar quando bem entendesse.

Enquanto isso, as crianças correram para o palácio, onde o príncipe estalava o chicote de caça no canil, e relataram o que havia acontecido.

— Vai ser divertido — disse o príncipe, ordenando que trouxessem sua manada de hipopótamos. Ele adorava caçar presas grandes com os hipopótamos, e as pessoas não se importariam com isso se não desfilasse pelas ruas com um bando de animais barulhentos e desengonçados atrás dele. Toda vez que apareciam no centro da cidade, o verdureiro da barraquinha se arrependia de ter saído de casa, e o vendedor de cerâmicas, que espalhava toda a mercadoria pela calçada, levava um baita prejuízo.

 O príncipe então atravessou a cidade, com inúmeros hipopótamos trotando e cambaleando, e os moradores correram para casa assim que ouviram o estrondo da manada e o sonido da corneta. Em minutos, os animais já se espremiam para cruzar os portões e se espalhavam pelo campo em busca do dragão. Quem nunca viu uma manada de hipopótamos correndo desenfreada não consegue imaginar como era a caçada. Para começo de conversa, eles não uivam como cães de caça, eles roncam como porcos — só que mais alto e violento. E é óbvio que hipopótamos não pulam, eles simplesmente destroem as cercas e pisoteiam os milharais — o que resultava em sérios danos às plantações e enlouquecia os fazendeiros. Todos tinham coleiras com nome e endereço, mas, quando os agricultores apareciam no palácio para reclamar dos prejuízos à colheita, o príncipe sempre dizia que mereciam, pois deixavam as plantações bem no meio do caminho — e nunca pagava por nada.

 Dessa vez não seria diferente, e as pessoas cochicharam quando ele atravessou a cidade com o bando:

— Bem que o dragão podia comê-lo.

Sem dúvida, era muito errado da parte deles desejar isso, mas era um senhor realmente malvado.

 Então, eles caçaram pelos campos e pastagens, vasculharam cada canto da floresta, mas não encontram nem sinal da presa. O dragão estava tímido, não aparecia.

 Quando o príncipe começou a pensar que não havia dragão nenhum, apenas um galo ou um touro, seu velho hipopótamo preferido roncou bem alto. No mesmo instante, o rapaz tocou a corneta e gritou:

— À caça! Logo ali! Vamos!

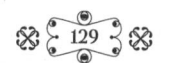

E a manada disparou morro abaixo em direção ao vale no fim da floresta. Lá estava o dragão, bem à vista de todos, grande como uma barcaça, reluzente como uma fornalha, cuspindo fogo e mostrando os dentes brilhantes.

— A caçada começou! — gritou o príncipe. E realmente havia começado. O dragão, em vez de fugir como uma presa, voou para cima deles. Montado em seu elefante, o príncipe passou pela tortura de ver os hipopótamos valiosos sendo devorados um a um, num piscar de olhos, pela presa que tinham saído para caçar. A fera engoliu os hipopótamos como um cachorro engole pedacinhos de carne. Foi uma cena chocante. De toda a manada que saíra animada ao som da corneta, não restava nem mesmo um filhotinho, e o dragão olhava ao redor para ver se tinha se esquecido de algum.

O príncipe escorregou do elefante pelo lado contrário e correu para a mata fechada. Esperava que o dragão não conseguisse ultrapassar os arbustos dali, pois eram bem fortes e cerrados. Seguiu rastejando de um jeito nada principesco, até que, finalmente, encontrou uma árvore oca e se escondeu ali dentro. A floresta estava muito tranquila, sem barulho de galho quebrando ou cheiro de mato queimando, então ele aproveitou para entornar a garrafa metálica de caça que trazia no ombro e alongar as pernas dentro da árvore oca. Não derramou uma única lágrima pelos pobres hipopótamos domesticados, que comeram de sua mão por tantos anos e o acompanharam fielmente em todas as alegrias da caçada. Isso porque ele era um príncipe de mentira, com a pele seca feito couro, o cabelo espichado feito vassoura e o coração duro feito pedra. Não derramou uma única lágrima, e simplesmente adormeceu.

Quando acordou, já era noite. Rastejou para fora da árvore, esfregou os olhos, e a floresta ao redor estava totalmente escura, mas um brilho avermelhado reluzia num vale próximo. Era uma fogueira de gravetos, próximo à qual estava um jovem maltrapilho, de cabelo loiro e comprido. Em volta dele, havia diversas figuras adormecidas, com uma respiração muito pesada.

— Quem é você? — perguntou o príncipe.

— Sou Élfico, o cuidador de porcos — disse o jovem maltrapilho. — E você?

— Sou Enfadonho, o príncipe.

— E o que está fazendo fora do palácio a esta hora da noite? — perguntou Élfico, num tom severo.

— Estava caçando.

O cuidador de porcos riu.

— Ah, era você? Uma boa caçada, não foi? Eu e meus porcos assistimos a tudo.

Todas as figuras adormecidas resmungaram e roncaram, então o príncipe deduziu que eram os porcos.

— Se soubesse tanto quanto sei — prosseguiu Élfico —, poderia ter salvado sua manada.

— O que quer dizer?

— Ora, o dragão. Você saiu na hora errada. Ele deve ser caçado à noite.

— Não, obrigado — respondeu o príncipe, com um calafrio. — Uma caçada diurna basta para mim, seu cuidador de porcos tolo.

— Bom... tanto faz — respondeu Élfico. — O dragão, provavelmente, virá atrás de você amanhã. E não dou a mínima, seu príncipe tolo.

— Você é muito grosseiro! — esbravejou Enfadonho.

— Ah, não, apenas verdadeiro — retrucou Élfico.

— Ora, então me diga a verdade. Que coisa é essa que, se eu tivesse sabido tanto quanto você, poderia ter salvado os hipopótamos?

— Você fala muito difícil, mas vamos lá... O que vai me dar em troca se eu contar?

— Se contar o quê? — perguntou o príncipe Enfadonho.

— O que você quer saber.

— Eu não quero saber nada.

— Então, é mais tolo do que pensei. Não quer saber como dar um jeito no dragão antes que ele dê um jeito em você? — indagou o jovem maltrapilho.

— Talvez sim — admitiu ao príncipe.

— Nunca tive muita paciência, mas o pouco que tenho está se esgotando. O que vai me dar em troca?

— Metade do meu reino — disse o príncipe. — E a mão da minha prima em casamento.

— Feito — respondeu o cuidador de porcos. — Aqui vai... O dragão encolhe à noite! E dorme debaixo da raiz desta árvore... É bem útil para acender fogueira.

Como era de se esperar, lá estava o dragão sob a árvore, acomodado num ninho de musgo queimado, pequeno como um dedo mindinho.

— Como posso matá-lo? — perguntou o príncipe.

— Não sei se dá para matar, mas pode levá-lo embora dentro de algum recipiente. Sua garrafa serve.

Então, com a ajuda de gravetos e alguns dedos chamuscados, os dois conseguiram cutucar e empurrar o dragão até enfiá-lo dentro da garrafa metálica de caça. E o príncipe apertou bem a tampa.

— Pegamos ele! Agora basta levá-lo para casa e colocar selo-de-salomão[9] na boca da garrafa, assim estaremos seguros

---

9 Planta medicinal. (N. da T.)

— disse Élfico. — Vamos... Dividiremos o reino amanhã. Enfim terei dinheiro para comprar trajes finos de sair e cortejar.

Mas, quando o príncipe maligno fazia promessas, não fazia para cumpri-las.

— Ir com você?! O que quer dizer? *Eu* encontrei e *eu* prendi o dragão. Nunca disse nada sobre cortejos ou reinos. Se discordar de mim, corto sua cabeça agora mesmo. — e puxou a espada.

— Tudo bem — disse Élfico, dando de ombros. — De qualquer modo, sou mais rico do que você.

— Como assim? — balbuciou o príncipe.

— Ora, você só tem um reino... e um dragão. Já eu, tenho a consciência tranquila... e setenta e cinco porcos pretos de boa qualidade.

Élfico voltou a se sentar próximo à fogueira, e o príncipe foi direto contar aos membros do parlamento como fora esperto e corajoso. Apesar de terem sido acordados de propósito no meio da noite, não estavam bravos com o rapaz, e disseram:

— O senhor é realmente corajoso e esperto! — concordaram, porque sabiam muito bem o que acontecia com quem desagradasse o príncipe.

Num gesto solene, o primeiro-ministro passou selo-de-salomão na boca da garrafa; depois, levaram-na ao Ministério das Finanças — o prédio mais forte da cidade, feito de cobre maciço, com paredes tão grossas quanto os pilares da Ponte de Waterloo.

Ali, a garrafa foi guardada em meio aos sacos de ouro, e o secretário júnior do atendente júnior do último Lorde do Tesouro foi designado para passar o resto da noite com ela e ver se algo acontecia. O secretário júnior nunca tinha visto um dragão — e muito menos acreditava que o príncipe já tivesse visto um. Enfadonho nunca fora um rapaz confiável, e seria típico dele aparecer com uma garrafa vazia e fingir que havia um dragão dentro. Assim, o secretário júnior não se importou de ter sido escolhido. Deram-lhe a chave do ministério, e, quando toda a cidade voltou para a cama, o menino deixou que outros secretários juniores de outros ministérios entrassem no prédio.

Em meio aos sacos de ouro, os garotos brincaram de esconde-esconde, depois, usaram os diamantes, as pérolas e os rubis das arcas de marfim como bolinhas de gude. Estavam se divertindo muito, mas o prédio de cobre maciço começou a esquentar aos poucos, e o secretário júnior gritou de repente:

— Vejam a garrafa!

A garrafa selada com selo-de-salomão triplicara de tamanho, e estava quase incandescente. O ar ficava mais e mais quente, a garrafa mais e mais inchada, até que todos os secretários juniores concordaram que estava abafado demais e saíram depressa, esbarrando uns nos outros no meio da correria. Assim que o último saiu e trancou a porta, a garrafa explodiu, e o dragão escapou — flamejante da cabeça aos pés, cada vez mais inchado. No mesmo instante, o animal começou a devorar os sacos de ouro e mastigar as pérolas, os diamantes e os rubis como se fossem feitos de açúcar.

Na hora do café da manhã, já tinha devorado todo o tesouro do príncipe. Quando Enfadonho enfim desceu a rua do Ministério das Finanças, às onze horas da manhã, deu de cara com a fera saindo pela porta destruída, com ouro derretido escorrendo das presas. Sem pensar duas vezes, deu meia-volta e disparou para a torre à prova de dragão. Para sua sorte, do alto da torre, a princesinha viu que se aproximava e desceu correndo, destrancou a fechadura, deixou-o entrar e bateu a porta à prova de dragão na cara do dragão — que se sentou do lado de fora e lamentou, porque queria muito o príncipe.

Sabrinetta levou Enfadonho ao melhor aposento, estendeu uma toalha de mesa e serviu leite, ovos, uvas brancas, mel, pão e muitas outras coisas gostosas, amarelas e brancas. Foi tão gentil com o primo quanto teria sido com qualquer outra pessoa, como se ele não fosse o príncipe malvado que se apossara de todo o reino — porque era uma princesa de verdade e tinha um coração de ouro.

Depois de comer e beber, Enfadonho implorou que a prima lhe ensinasse a trancar e destrancar a porta. E, como a governanta estava dormindo, não havia ninguém para impedi-la, então, ela ensinou.

— Se virar a chave assim, a porta continua fechada. Mas, se girá-la nove vezes para a direita, a porta se escancara.

E assim fez. Porém, no segundo em que a fechadura destrancou, o primo empurrou a princesa branca para fora da torre, assim como a empurrara para fora da monarquia, e trancou a fechadura outra vez. Queria a torre só para ele. E ali Sabrinetta ficou, sozinha na estrada. Do outro lado, estava dragão, que ainda lamentava e resmungava, mas que não tentou devorá-la, porque — ao contrário do que a velha babá pensava — dragões não comem princesas com coração de ouro.

Sabrinetta não podia andar pelas ruas da cidade vestindo a camisola de seda branca com bordado de margaridas, muito menos sem chapéu e luvas, então virou para o lado contrário e correu pelos campos em direção à mata. Ela nunca tinha saído da torre, e a grama macia parecia nuvens do paraíso aos pés descalços. Correu até a parte mais fechada da mata — pois não sabia de que o seu coração era feito e temia o dragão —, e foi assim que chegou ao vale, onde estavam Élfico e os setenta e cinco porcos de boa qualidade. O rapaz tocava flauta, e os porcos se remexiam animados, dançando sobre as patas traseiras.

— Oh céus! Cuide de mim, por favor! Estou apavorada! — suplicou a princesa.

— Deixe comigo! — respondeu Élfico, abraçando-a. — Agora está segura. Do que estava com medo?

— Do dragão.

— Então ele saiu da garrafa. Espero que tenha comido o príncipe.

— Não comeu, mas, por quê? — perguntou Sabrinetta.

E o jovem maltrapilho contou toda a cilada que o príncipe tinha armado contra ele.

— O patife me prometeu metade do reino e a mão de sua prima, a princesa.

— Minha nossa, que disparate! — exclamou Sabrinetta, tentando se esquivar dos braços do rapaz. — Como ele ousa?!

— O que está havendo? — perguntou o jovem ao abraçá-la ainda mais forte. — *Foi* um disparate... ou pelo menos me pareceu. Mas ele pode ficar com o reino, a metade e todo o resto... desde que eu fique com o que já tenho.

— E o que seria? — perguntou a princesa.

— Ora, você... Minha bela, minha querida — respondeu Élfico. — Quanto à princesa, prima dele... me perdoe, meu bem! Quando a pedi como recompensa, não conhecia a princesa de verdade, a *única* princesa, *minha* princesa.

— Você se refere a mim? — perguntou Sabrinetta.

— Quem mais seria? — respondeu o criador de porcos.

— Mas há cinco minutos você nem me conhecia!

— Cinco minutos atrás eu era cuidador de porcos... Agora que a tenho nos braços, sou príncipe, por mais que precise cuidar dos porcos até o fim dos meus dias.

— Mas você não *me* pediu nada — disse a princesa.

— *Você* me pediu para ser cuidada, e é isso que farei... pelo resto da vida.

Assim ficou decidido, e os dois passaram a discutir coisas realmente importantes, como o dragão e o príncipe. Enquanto isso, Élfico nem sequer desconfiava que a menina fosse a princesa, prima de Enfadonho, mas sabia que tinha um coração de ouro — e lhe disse isso muitas vezes.

— O erro foi não ter usado uma garrafa à prova de dragão. Agora entendo o problema — disse Élfico.

— Ah, só isso? — perguntou a princesa. — Consigo uma dessas rapidinho... Tudo na minha torre é à prova de dragão. Precisamos fazer algo para deter essa fera e salvar as criancinhas!

Sabrinetta se apressou a pegar uma garrafa, mas não permitiu que Élfico a acompanhasse.

— Se o que diz é verdade, se tem certeza de que tenho um coração de ouro, o dragão não vai me ferir. E alguém precisa ficar com os porcos.

Como Élfico tinha certeza, não se opôs à ideia.

Chegando em casa, a princesa encontrou a porta aberta. O dragão fora persistente ao esperar pelo príncipe, e, assim que Enfadonho abrira a porta e saíra da torre — mesmo que somente por um instante, para enviar uma carta ao primeiro-ministro, dizendo onde estava e pedindo a ajuda da brigada de incêndio para combater o dragão flamejante —, o animal o atacara. De barriga cheia, já tinha voltado para a floresta, porque estava quase na hora de encolher.

Ao ver a porta aberta, a princesa entrou correndo e abraçou sua ama; depois, preparou-lhe uma xícara de chá e explicou o que estava prestes a acontecer. Também contou sobre o coração de ouro, que a tornava imune ao dragão; então, a velha senhora viu que a menina ficaria bem, deu-lhe um beijo e permitiu que partisse.

Sabrinetta pegou a garrafa à prova de dragão, feita de latão polido, cruzou a floresta e correu até o vale, onde Élfico a esperava, sentado, rodeado de porcos pretos.

— Pensei que nunca fosse voltar. Demorou quase uma eternidade! — disse o maltrapilho.

A princesa se sentou ao lado dele em meio aos porcos, e eles ficaram de mãos dadas até anoitecer. Mais tarde, o dragão apareceu rastejando e queimando o musgo por onde passava, diminuindo cada vez mais, até se acomodar embaixo da raiz.

— Vamos lá... Você segura a garrafa — Élfico ordenou ao cutucar o animal.

Depois de espetá-lo com pedacinhos de graveto, o dragão rastejou para dentro da garrafa à prova de dragão, mas eles não encontraram uma tampa.

— Não se preocupe, posso tapá-la com o dedo. — disse o jovem.

— Não, eu faço isso — respondeu a princesa; contudo, é claro que Élfico não permitiu, e enfiou o dedo na garrafa antes dela.

— O mar! O mar! Corra para as falésias! — Sabrinetta gritou.

E ambos partiram, com setenta e cinco porcos trotando logo atrás, numa longa procissão escura.

A garrafa ficava cada vez mais quente nas mãos do rapaz, porque o dragão cuspia fogo e fumaça com toda a força ali dentro. Estava quente, quente demais, muito quente, mas ele aguentou firme até a beira do penhasco. E lá estava o mar azul-escuro, com seu imenso redemoinho girando sem parar.

Élfico então ergueu a garrafa acima da cabeça e a lançou entre as estrelas e o mar. Por sorte, caiu bem no meio do redemoinho.

— Salvamos o país! — comemorou a princesa. — Você salvou as criancinhas! Vamos, me dê as mãos!

— Não consigo. Nunca mais poderei segurar suas belas mãos... Todos os meus dedos pegaram fogo.

E, onde deveriam estar as mãos havia apenas cinzas. A princesa as beijou e chorou por elas, rasgou pedaços do vestido de seda branca para tentar amarrá-las, e os dois voltaram para a torre e contaram tudo à ama. Os porcos esperaram do lado de fora.

— Ele é o homem mais corajoso do mundo! — exclamou a princesa. —Salvou o país e as criancinhas, mas as mãos dele... Ah, as pobres e queridas mãozinhas...

Nesse momento, a porta do quarto se abriu, e o mais velho dos setenta e cinco porcos entrou. O pobrezinho se aproximou de Élfico e se esfregou nele, com grunhidos baixinhos e amorosos.

— Ah, criaturinha adorável! — comentou a ama, secando uma lágrima. — Ele sabe, ele sabe!

Sabrinetta acariciou o porco, já que Élfico não tinha mãos para acariciar ou fazer qualquer outra coisa.

— A única cura para queimadura de dragão é gordura de porco — disse a governanta—, e essa criaturinha fiel sabe disso...

— Nem por um reino inteiro eu faria isso! — gritou Élfico, esforçando-se para afagar o porco com o cotovelo.

— Não existe outra cura? — perguntou a princesa.

Mas outro porco espremeu o focinho escuro no vão da porta entreaberta e entrou, seguido por outro e mais outro, até o quarto ficar cheio de porcos, todos amontoados numa massa crescente de figuras escuras e redondas, empurrando e se esforçando para alcançar Élfico, grunhindo baixinho na linguagem do amor verdadeiro.

— Existe uma alternativa — respondeu a ama, rodeada de porcos. — Ah, criaturinhas queridas e carinhosas... Todas querem morrer por você.

— Qual é a alternativa?!— perguntou Sabrinetta, ansiosa pela cura.

— Se um homem for queimado por um dragão, e determinada quantidade de pessoas estiver disposta a morrer por ele, basta cada uma beijar a queimadura e lhe desejar o bem do fundo do coração.

— Que quantidade?! Quantas pessoas?! — gritou Sabrinetta.

— Setenta e sete — respondeu a ama.

— Temos apenas setenta e cinco porcos... e comigo são setenta e seis! — disse a menina.

— Deve ser setenta e sete... e eu não seria capaz de morrer por ele, então nada pode ser feito — disse a ama, com pesar. — Talvez consiga duas mãos de cortiça.

— Eu conhecia essa história das setenta e sete pessoas amorosas — disse Élfico. — Mas nunca imaginei que meus queridos porcos me amassem tanto assim, e minha donzela também... O que torna tudo ainda mais impossível. Existe outra cura para queimadura de dragão, porém, prefiro me queimar da cabeça aos pés a me casar com alguém que não seja você, minha querida, minha bela.

— Como assim? Com quem deve se casar para curar as queimaduras? — indagou Sabrinetta.

— Com uma princesa. Foi assim que São Jorge se recuperou.

— Veja só! Imagine! Nunca ouvi falar dessa cura, e olhe que já estou velha. — disse a ama.

Sabrinetta se lançou sobre ele e o abraçou como se nunca mais fosse soltá-lo.

— Meu querido, corajoso e precioso Élfico, está tudo bem! Sou uma princesa, e você será meu príncipe! Vá, minha ama... coloque logo um chapéu. Vamos nos casar agora mesmo.

Os três partiram para o casamento, e os porcos foram logo atrás, caminhando em duplas imponentes. No segundo em que Élfico se casou com a princesa, as mãos ficaram boas; e o povo da cidade, que estava farto do príncipe Enfadonho e seus hipopótamos, saudou os noivos como os verdadeiros soberanos do país.

Na manhã seguinte, o príncipe e a princesa foram ver se a correnteza trouxera o dragão para a praia. Não encontraram nem sinal dele na orla, mas, assim que bateram os olhos no redemoinho, avistaram uma nuvem de vapor. Os pescadores também relataram que, num raio de quilômetros, a água estava quente o suficiente para fazer a barba com ela! E, como a água daquela região é quente até hoje, podemos ter certeza de que a ferocidade do dragão flamejante é tão intensa que toda a água de todo o mar não basta para esfriá-lo.

Mas por que não sai do mar se continua vivo? Bem, o redemoinho é forte demais para ele conseguir escapar, então fica ali girando e girando para sempre, fazendo algo útil e aquecendo a água para que os pobres pescadores se barbeiem.

Hoje, o príncipe e a princesa governam o país com bondade e sabedoria. A governanta ainda mora com eles, e não faz nada além de costurar, mas somente quando está com muita vontade. O príncipe não tem hipopótamos, portanto é bastante popular. Os setenta e cinco porcos fiéis vivem em chiqueiros de mármore branco, com trincos de latão e um letreiro escrito "Porcos" na porta. Todos são lavados duas vezes ao dia, com esponjas turcas e sabão perfumado com violetas, e ninguém se incomoda quando acompanham o príncipe pelas ruas da cidade, porque se comportam muito bem, sempre caminham na calçada e obedecem aos avisos para não pisar na grama. A princesa os alimenta todos os dias com as próprias mãos, e seu primeiro decreto ao assumir o trono foi proibir o uso da palavra "porco" como insulto ou ingrediente nos cadernos de receita.

VIII

EDMUND, O BONZINHO
OU AS CAVERNAS E A COCATRIZ

Edmund era um garotinho. As pessoas que não gostavam dele diziam que era o garotinho mais cansativo do mundo, mas a avó e os amigos preferiam dizer que tinha uma mente curiosa. A vovó ainda acrescentava que era o melhor dos meninos — porém era uma senhora muito bondosa e meio caduca.

Edmund adorava fazer descobertas. Talvez você pense que fosse um aluno assíduo na escola, já que ali, mais do que em qualquer outro lugar, é possível aprender tudo o que há para ser aprendido, mas não se engane: Edmund não queria aprender, ele queria descobrir — o que são coisas bem distintas. Era conduzido por uma mente curiosa, que o levava a desmontar relógios para entender como funcionavam, tirar fechaduras das portas para ver como trancavam. Foi ele quem cortou a bola de borracha da escola para entender por que quicava, mas nem chegou perto de encontrar alguma explicação — assim como você não a encontrou ao realizar o mesmo experimento.

Edmund morava com a avó. Apesar da mente curiosa do neto, ela o amava muito e mal ficou brava quando ele fritou seu pente de casco de tartaruga para descobrir se era feito de casco legítimo ou de algum material inflamável. É claro que Edmund ia à escola, de vez em quando, e, às vezes, não conseguia deixar de aprender alguma coisa — entretanto, nunca fazia isso de propósito.

— É uma enorme perda de tempo — dizia o menino. — Eles só sabem o que todo mundo já sabe. Eu quero descobrir coisas novas, que mais ninguém saiba.

— Não acho muito provável que um garotinho como você descubra algo que ainda não tenha passado pela cabeça de algum sábio nesses milhares de anos — dizia a vovó.

Edmund, contudo, discordava. Ele matava aula sempre que podia, pois tinha um bom coração e não suportava pensar que o tempo e o trabalho de um professor seriam desperdiçados com um garoto como ele — que não queria aprender, apenas descobrir — enquanto havia tantos rapazes sedentos pelo ensino de geografia, história, leitura e aritmética, além da "autoajuda" do senhor Sorrisos.

Outros meninos também matavam aula, claro, e saíam para colher castanhas, amoras e ameixas; mas Edmund nunca ia para o lado da cidade em que os arbustos cresciam. Preferia subir a montanha dos grandes rochedos e imensos pinheiros escuros, de onde as pessoas nunca se aproximavam, por medo dos barulhos estranhos que saíam das cavernas.

Mas Edmund não temia os ruídos, por mais estranhos e terríveis que fossem. Estava obstinado em descobrir uma explicação para eles.

E certo dia descobriu.

Sem a ajuda de mais ninguém, criara uma lanterna muito engenhosa e inovadora, feita com um nabo e um copo. Depois de muitas horas de trabalho, quando finalmente tirou a vela do castiçal da vovó e a colocou nessa engenhoca, Edmund conseguiu um clarão magnífico.

Porém teve que ir à escola no dia seguinte, e recebeu uma advertência por ter faltado sem justificativa — por mais claro que tivesse sido ao explicar que estivera ocupado demais com a lanterna para chegar a tempo da aula.

No outro dia, acordou muito cedo, pegou o almoço que a vovó fizera para o intervalo da escola — dois ovos cozidos e um pãozinho de maçã —, guardou a lanterna na mochila e saiu como uma flecha certeira em direção às montanhas, decidido a explorar as cavernas.

As grutas eram bem escuras, mas o fulgor magnífico da lanterna revelou galerias surpreendentes, repletas de estalactites e estalagmites, fósseis e todas aquelas coisas que os manuais explicam aos jovens. Edmund, porém, não se importava com nada disso. Só pensava em encontrar a origem dos ruídos que assombravam as pessoas, e nada nas cavernas parecia lhe dar alguma resposta.

Depois de um tempo, o garoto se sentou na maior galeria e prestou muita atenção aos ruídos, dos quais conseguiu distinguir três tipos: um estrondo pesado, como o ronco de um velho gigante adormecido após o jantar; um resmungo mais baixinho; e um cacarejo estridente, como uma galinha do tamanho de uma choupana faria.

— Parece que o cacarejo está mais próximo do que os outros — sussurrou a si mesmo.

Então, Edmund se levantou e voltou a explorar as galerias. Não via nada de incomum, até que um buraco quase no meio de uma das paredes chamou sua atenção. Atrevido como era, escalou e rastejou para dentro da fissura, que servia como via de acesso para uma passagem rochosa. Ali dentro, o cacarejo parecia mais nítido do que antes, e o garoto mal conseguia ouvir os estrondos.

— Até que enfim vou descobrir algo — sussurrou, e continuou rastejando. A passagem serpenteava e se retorcia, progredia em voltas e reviravoltas, idas e vindas, e Edmund seguia em frente.

— A luz da lanterna está cada vez mais e mais forte — constatou, segundos antes de notar que a claridade não vinha da engenhoca. Uma luz amarelada e suave iluminava a passagem através do que parecia ser a fresta de uma porta logo à frente.

— Imagino que seja o fogo do centro da Terra — disse o menino. Sem querer, aprendera sobre isso nas aulas de geografia.

Num piscar de olhos, o fogo à frente oscilou e enfraqueceu, então o cacarejo parou.

No instante seguinte, Edmund virou uma esquina e se deparou com uma porta de pedra. Como estava entreaberta, entrou e encontrou uma gruta redonda, parecida com a cúpula da catedral de São Paulo, em Londres. Bem no meio dessa gruta havia um buraco semelhante a uma imensa bacia de lavatório, no meio da qual Edmund avistou uma figura enorme e pálida sentada.

Tratava-se de uma criatura com rosto de gente e corpo de grifo, asas grandes e emplumadas, cauda de cobra, crista de galo e pescoço peludo.

— O que ou quem é você? — perguntou Edmund.

— Sou uma pobre e faminta cocatriz — respondeu a figura pálida, com uma voz muito fraca. — Estou à beira da morte... Ah, sei que a morte se aproxima! Meu fogo se apagou! Não sei como isso aconteceu... devo ter adormecido. Para mantê-lo aceso, preciso abanar as chamas sete vezes com a cauda, uma vez a cada cem anos... Mas meu relógio só pode ter falhado. Agora, estou com o pé na cova.

Se não me falha a memória, já mencionei como Edmund era um garotinho de bom coração.

— Anime-se! Posso acender a fogueira por você! — e saiu correndo.

Em poucos minutos, estava de volta com os braços cheios de gravetos dos pinheiros da montanha, além de alguns livros didáticos que se esquecera de perder e que, por descuido, permaneciam intactos na mochila. Com tudo em mãos, Edmund acendeu uma grande fogueira ao redor da cocatriz.

Assim que a madeira ardeu, algo na bacia também pegou fogo, e Edmund se deu conta de que o buraco transbordava um líquido inflamável, tão potente quanto conhaque na boca de um dragão. Assim, a cocatriz abanou as chamas com a cauda e bateu as asas no líquido, respigando algumas gotas — que causariam uma queimadura muito feia na mão de Edmund.

Apesar desse contratempo, a criatura ficou corada, forte e feliz. Sua crista adquiriu um tom bem avermelhado, as penas reluziam, e ela enfim se levantou, cacarejando em alto e bom som:

— Coca-triz-ricó! Coca-triz-ricó!

A alma bondosa de Edmund ficou encantada ao vê-la tão saudável.

— Não há de quê! O prazer é meu! — respondeu à cocatriz, que não parava de lhe agradecer.

— Mas o que posso fazer por você? — ela perguntou.

— Conte-me histórias.

— Sobre o quê?

— Sobre coisas verídicas que nenhum professor conhece — disse Edmund.

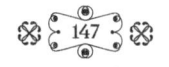

Então a cocatriz se pôs a falar sobre minas e tesouros, formações geológicas, gnomos, fadas e dragões, sobre geleiras e a Idade da Pedra, o surgimento do mundo, os unicórnios e a fênix, sobre a magia branca e a negra.

Enquanto escutava, o menino devorou os ovos e o pãozinho da vovó, e só se despediu da criatura quando a fome bateu outra vez. No dia seguinte, voltou para mais histórias, assim como no outro, e no próximo, por dias a fio.

A descoberta da cocatriz e suas incríveis histórias verídicas logo foram parar nos ouvidos dos amigos da escola, que adoraram os relatos de Edmund — ao contrário do professor, que o castigou por espalhar mentiras.

— Mas é verdade! — protestou o menino. — Veja a queimadura na minha mão.

— Vejo que tem brincado com fogo... fazendo alguma travessura, como sempre — respondeu o professor, ao castigá-lo mais do que nunca. Sem dúvida, era um senhor ignorante e cético, mas ouvi dizer que nem todos os professores são assim.

Passado um tempo, Edmund inventou outra lanterna, feita de algum produto químico que havia surrupiado do laboratório da escola. Com a nova engenhoca em mãos, saiu procurando a origem dos outros tipos de ruído, e foi em outra parte da montanha que encontrou uma passagem escura, toda revestida de latão, como o interior de um enorme telescópio. No fim dela, avistou uma porta verde e brilhante, sinalizada com uma placa de bronze que dizia: "SENHORA D. BATA NA PORTA E TOQUE A CAMPAINHA". Logo abaixo, num pedacinho de papel branco, também se lia: "SÓ ME CHAME ÀS TRÊS". Edmund levava consigo um relógio de bolso que ganhara de aniversário dois dias antes e que, por sorte, não tivera tempo de desmontar para entender o mecanismo. Como ainda funcionava, pôde consultá-lo. Faltavam quinze minutos para as três.

◆ E. NESBIT ◆

Já mencionei como Edmund era um garotinho de bom coração? Bem, ele respeitou o recado, sentou-se na soleira de cobre e esperou até as três horas. Só então bateu à porta e tocou a campainha; e ruídos de sopros e baforadas ecoaram do lado de dentro. Num estouro, a imensa porta se abriu, e o menino só teve tempo de se esconder ali atrás enquanto uma enorme dragoa amarela cruzava o batente e escapava pelo corredor de cobre, como uma minhoca comprida e barulhenta — ou talvez uma centopeia monstruosa.

Ao sair bem devagarzinho, Edmund se deparou com a dragoa estendida nas pedras sob o sol escaldante e, na ponta dos pés, conseguiu passar despercebido pela criatura. Sem hesitar, desceu o morro em disparada e irrompeu na escola, gritando:

— Tem uma enorme dragoa vindo aí! Alguém precisa fazer alguma coisa, ou todos seremos devorados!

E foi imediatamente castigado por espalhar mentiras. O professor não costumava adiar suas obrigações.

— Mas é verdade! — protestou Edmund. — Veja se não é verdade!

E apontou para fora da janela, por onde todos viram uma grande nuvem amarela flutuando montanha acima.

— É apenas uma tempestade — respondeu o professor, castigando Edmund como nunca. Esse senhor não se parecia com os mestres que conheço, era muito teimoso e não acreditaria nem mesmo nos próprios olhos se estes lhe mostrassem algo diferente do que dissera antes.

Assim, enquanto o professor escrevia "Mentir é muito feio, mentirosos devem ser castigados" no quadro-negro, para que o menino copiasse setecentas vezes, Edmund fugiu da sala de aula e cruzou a cidade como um raio. Sua primeira reação foi tentar alertar a vovó, mas ela não estava em casa; então, ele atravessou os portões da cidade e correu morro acima, na esperança de contar tudo à cocatriz e pedir ajuda. Nunca lhe ocorrera que a criatura pudesse duvidar do relato. Veja bem, ela já tinha lhe contado tantas histórias incríveis, e ele sempre acreditara em todas elas. É uma questão de justiça: se você confia numa pessoa, ela deve confiar em você de volta.

Já na entrada da caverna da cocatriz, Edmund estava quase sem fôlego, e parou para olhar a cidade. As perninhas trêmulas e fracas tinham acabado de escalar toda a montanha em segundos, e a grande nuvem amarela parecia persegui-las. Mais uma vez, Edmund estava entre a terra quente e o céu azul, observando o campo esverdeado ao longe, todo salpicado de árvores frutíferas, telhados vermelhos e plantações de milho dourado. Bem no meio daquela paisagem bucólica estava a cidade cinzenta, com suas muralhas robustas, munidas de portilhas para os arqueiros, e suas torres quadradas, prontas para despejar chumbo derretido na cabeça dos forasteiros. Logo atrás dos muros estavam as pontes e os campanários, o rio silencioso ladeado de salgueiros e amieiros, o agradável jardim no centro da cidade, onde as pessoas se sentavam nos dias de folga para fumar cachimbo e ouvir a banda.

Edmund viu tudo aquilo. Viu também, rastejando pelo campo e deixando um rastro negro por onde passava, uma vez que tudo morria ao seu toque, a imensa dragoa amarela. E viu que a criatura era muitas vezes maior do que toda a cidade.

— Ah, minha pobre e querida vovó... — lamentou, pois tinha um coração sensível, como já devo ter mencionado.

A dragoa amarela se aproximava cada vez mais das muralhas, lambendo os beiços famintos com a língua vermelha e comprida. E o menino sabia que, na escola, o professor ainda dava sua aula com seriedade, sem acreditar nem um pouquinho na história da dragoa.

— Ele vai ter que dar o braço a torcer de qualquer maneira — sussurrou Edmund.

Por mais que fosse um garotinho de bom coração — e acho justo enfatizar isso —, receio que não tenha lamentado tanto quanto deveria ao visualizar a situação em que o professor aprenderia a confiar em sua palavra. Então, a dragoa escancarou a boca, e Edmund fechou os olhos. Ainda que o professor estivesse bem longe, o amável garoto não quis presenciar aquela cena tenebrosa.

Ao abrir os olhos, não havia mais cidade, apenas um vazio onde ela estivera; e a dragoa lambia os beiços enquanto se enrolava para dormir — como um gato faz depois de devorar um ratinho. Edmund suspirou uma ou duas vezes e correu para dentro da caverna, na esperança de dispor da ajuda da cocatriz.

— Bem... — ponderou a criatura, depois de ouvir toda a história — e agora?

— Acho que você não entendeu muito bem — respondeu Edmund, com delicadeza. — A dragoa engoliu a cidade.

— E daí? — indagou a cocatriz.

— Ora, eu moro lá — Edmund explicou, sem entender o descaso.

— Não ligue para isso — ela sugeriu, virando-se na piscina de fogo, para esquentar o outro lado do corpo. Como sempre, Edmund se esquecera de fechar a porta da galeria. — Você pode morar aqui comigo.

— Acho que não fui claro o bastante — retrucou Edmund, num tom paciente. — Veja bem, minha avó está na cidade... Não suportaria perdê-la assim.

— Não sei o que é uma avó — disse a criatura, já meio cansada do assunto. — Mas se é um bem valioso para você...

— Claro que é! — exclamou Edmund, enfim perdendo a paciência. — Ah, me ajude logo! O que posso fazer?

— Se eu fosse você, encontraria o draguinho e o traria aqui — aconselhou a amiga, esticando-se na piscina de chamas para que as ondas a cobrissem até o queixo.

— Mas por quê? — perguntou Edmund. O hábito de perguntar "por quê" para tudo surgira na escola, e o professor sempre se irritava com isso, mas a cocatriz não suportaria esse tipo de coisa nem por um segundo.

— Ah, deixe-me em paz! — esbravejou, mergulhando nas chamas em fúria. — Já dei um conselho, você aceita ou não... Não vou mais perder tempo com isso. Se trouxer o draguinho para mim, eu lhe digo o próximo passo. Se não, nada feito.

A criatura então afundou até os ombros, aconchegou-se nas labaredas e caiu no sono. Esse era exatamente o jeito certo de lidar com Edmund, só que ninguém havia pensado nisso antes.

Por um momento, ele encarou a cocatriz, mas ela apenas olhou com o rabo do olho e começou a roncar. De uma vez por todas, Edmund compreendeu que a amiga não toleraria qualquer bobagem, passou a nutrir um profundo respeito por ela e saiu para fazer exatamente o que lhe disseram, pela primeira vez na vida.

Apesar das diversas aulas perdidas, ele sabia uma ou duas coisas que talvez você não saiba — mesmo que tenha se comportado muito bem e ido à escola regularmente. Por exemplo, ele sabia que um draguinho é um filhote de dragão. Também sabia que deveria encontrar o terceiro ruído que as pessoas ouviam ecoar nas montanhas. Ora, o cacarejo era da cocatriz, o estrondo alto como o ronco de um gigante adormecido após o jantar vinha da dragoa, então o resmungo só podia ser o draguinho.

Num ímpeto de coragem, embrenhou-se nas cavernas e procurou, caminhou, mudou de rumo e investigou, até finalmente esbarrar com uma terceira porta. Ali, um recado dizia: "O BEBÊ ESTÁ DORMINDO". Edmund também encontrou cinquenta pares de sapato de cobre em frente à porta, e qualquer um que os olhasse de relance já notaria a que espécie de pés serviam, pois cada um tinha cinco buracos, para as cinco garras do draguinho. E havia cinquenta pares porque ele puxara à mãe: tinha exatamente cem pés. Nem mais, nem menos. Eram do tipo de dragão classificado como *Draco centipedis* nos livros.

Edmund estava muito assustado, mas logo se lembrou do olhar severo da amiga. A determinação inabalável no ronco da cocatriz ainda soava nos ouvidos dele — por mais que o ronco do draguinho fosse, por si só, bem considerável. Assim, tomou coragem, abriu a porta e gritou de longe:

— Olá, draguinho. Saia da cama agora mesmo.

A criatura sonolenta parou de roncar e resmungou:

— Ainda é cedo.

— Sua mãe disse que já está na hora. E seja rápido, vamos logo! — ordenou Edmund, encorajando-se pelo fato de ainda não ter sido devorado.

O draguinho suspirou, e o menino ouviu quando ele se levantou da cama. Segundos depois, o animal saiu do quarto e começou a calçar os sapatos. Não chegava nem perto da altura da mãe; era apenas do tamanho de uma capela.

— Depressa! — exclamou, enquanto o filhote calçava o décimo sétimo sapato com muita dificuldade.

— A mamãe disse para eu nunca sair descalço — retrucou o draguinho.

No fim das contas, Edmund teve que ajudá-lo a calçar os sapatos, e eles levaram um bom tempo numa tarefa nada agradável. Quando a criatura avisou que estava pronta, o menino, que se esquecera de sentir medo, respondeu:

— Vamos.

E saíram rumo à galeria da cocatriz. A caverna era bem estreita para um filhote daquele tamanho, mas ele conseguia se afinar bastante, como uma minhoca gorda faz ao se embrenhar na rachadura estreita de um pedaço de terra seca.

— Aqui está! — anunciou Edmund.

A amiga acordou no mesmo instante e, com muita gentileza, pediu ao draguinho que se sentasse e esperasse.

— Sua mãe vai chegar daqui a pouco — avisou, abanando as chamas com a cauda.

O animal se sentou e esperou, mas não parava de encarar o fogo com um olhar faminto.

— Com licença — enfim disparou. — Estou acostumado a tomar uma bacia de fogo assim que acordo... e me sinto um pouco fraco. Posso...? — e esticou uma garra em direção à bacia.

— É claro que não! — esbravejou a cocatriz. — Onde você foi criado? Ninguém lhe ensinou que "não se pede tudo o que se vê"? Hein?

— Sinto muito, mas realmente estou com muita fome — explicou o draguinho, num gesto de humildade.

A cocatriz chamou Edmund para o lado da bacia e lhe sussurrou ao ouvido por tanto tempo, com tanta força, que metade do cabelo do garotinho ficou chamuscado. E nem por um segundo ele interrompeu para lhe perguntar o porquê. Quando o sussurro terminou, Edmund, cujo coração, como já devo ter mencionado, era muito bondoso, disse ao draguinho:

— Pobrezinho... Se está mesmo faminto, posso mostrar onde tem bastante fogo.

E partiu pelas cavernas, com o draguinho logo atrás.

Ao alcançar o local exato, Edmund parou. Ali havia um alçapão redondo e metálico, como aqueles em que jogamos carvão no porão, só que muito maior. Edmund o ergueu por um gancho fixado num dos lados, e uma corrente de ar quente subiu com tanta violência, que quase o sufocou. Já o draguinho se aproximou, espiou com um dos olhos, farejou e disse:

— Que cheiro bom, hein?

— Sim... Esse é o fogo do centro da Terra — respondeu Edmund. — Tem um montão lá embaixo, tudo pronto para ser devorado. É bom você descer logo e tomar o café da manhã, não acha?

Então, o draguinho se espremeu no alçapão e começou a rastejar, atravessando cada vez mais rápido o poço inclinado que levava ao fogo do centro da Terra. Enquanto isso, Edmund fez exatamente o que lhe disseram: segurou a ponta da cauda do filhote e fincou o gancho de ferro nela, de modo que ficasse bem presa. Assim, o animal não conseguia se virar ou rastejar para cuidar da pobre cauda, pois, como todos sabem, a descida até o fogo é muito fácil, mas é quase impossível subir de volta. Existe até uma expressão sobre isso em latim, que começa com: "*Facilis descendus*".

Bem, lá ficou o draguinho, preso pela cauda; e lá se foi Edmund, muito ocupado, atarefado e orgulhoso de si mesmo, correndo de volta à cocatriz.

— E agora? — ele perguntou.

— Agora, vá até a entrada da caverna e ria da dragoa, para que ela consiga ouvi-lo — respondeu a amiga.

Edmund quase perguntou "por quê?", mas se conteve a tempo, e apenas disse:

— Ela não vai me ouvir...

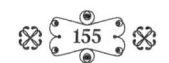

— Ah, ótimo... com certeza você sabe mais do que eu — ironizou a cocatriz, aconchegando-se no fogo outra vez.

Assim, Edmund fez o que lhe fora ordenado, e sua risada ecoou na entrada da caverna, até parecer a gargalhada de um castelo cheio de gigantes.

De imediato, a dragoa, que dormia sob o sol escaldante, acordou e questionou em fúria:

— Está rindo de quê?

— De você — Edmund respondeu, sem parar de rir.

Ela se segurou o quanto pôde. Porém, como qualquer ser vivo, não suportava ser ridicularizada e começou a rastejar montanha acima, muito lentamente, porque acabara de fazer uma refeição bem pesada. Quando enfim chegou à caverna, esbravejou:

— Está rindo de quê? — e sua voz fez Edmund sentir como se nunca mais fosse rir.

Como parte do plano, a cocatriz apareceu e gritou:

— De você! Devorou o próprio filhote... Engoliu o pobrezinho com toda a cidade! Seu próprio draguinho! Ah-ah-ah! Que engraçado!

Edmund então reuniu forças, e conseguiu balbuciar:

— Ah-ah! — um singelo riso que soou como uma tremenda gargalhada, graças ao eco da caverna.

— Minha nossa! — exclamou a dragoa. — Bem que senti a cidade meio entalada na garganta. Preciso tirá-la e analisá-la com mais cuidado.

Ela tossiu, depois, engasgou-se, e lá estava a cidade na encosta da colina.

Nesse meio-tempo, o menino se aproximou da cocatriz, que lhe explicou o que fazer em seguida. Assim, antes que a dragoa começasse a vasculhar a cidade à procura do filhote, a própria voz do draguinho ressoou de dentro das montanhas como um lamento, pois Edmund prensava a cauda do pobrezinho com toda a força possível no alçapão redondo e metálico, como aqueles em que guardamos carvão.

Ouvindo o choro, a dragoa berrou:

— Ora, o que aconteceu com o bebê?! Ele não está aqui!

A fera então se afinou e entrou na montanha à procura de seu draguinho.

A cocatriz continuava rindo o mais alto possível, e Edmund continuava prensando a cauda, até que a imensa dragoa — que já estava muito longa e muito fina — bateu a cabeça na tampa metálica do alçapão redondo. Sua cauda se estendia por dois ou três quilômetros para fora da montanha. Ao ouvir que ela se aproximava, Edmund deu uma última beliscada na cauda do draguinho, segurou a tampa e se escondeu atrás dela, de modo que a fera não conseguisse vê-lo. Por fim, soltou o filhote do gancho, e a fera espiou bem a tempo de ver a cauda de seu draguinho desaparecer no poço inclinado e escorregadio com um último gemido de dor.

Por mais que tivesse defeitos, a pobre dragoa era uma excelente mãe. Sem hesitar, pulou de cabeça no buraco e escorregou atrás de seu bebê; e Edmund viu a cabeça desaparecer, depois, o restante do corpo. Estava tão comprida e fina, que levou a noite toda para entrar. Foi como observar um trem de carga cruzar a Alemanha.

Assim que o pedacinho da cauda sumiu, Edmund fechou a porta metálica com tudo. Era um garotinho de bom coração, como já deu para notar, e se alegrou ao pensar que a dragoa e o filhote teriam uma fonte inesgotável de seu alimento preferido para todo o sempre. Em seguida, agradeceu a bondade da cocatriz e chegou em casa a tempo do café da manhã. Antes das nove horas, já estava na escola, e é claro que não teria feito isso se a cidade estivesse no mesmo lugar de antes, perto do rio e no meio do campo; mas ela se enraizara na encosta da montanha, exatamente onde a dragoa a deixara.

— Muito bem, onde o senhor esteve ontem? — perguntou o professor.

Edmund explicou, e foi imediatamente castigado por mentir.

— Mas é verdade — protestou. — A cidade toda foi devorada pela dragoa! O senhor sabe que foi...

— Que bobagem! Foi uma tempestade e um terremoto, só isso. — e castigou Edmund como nunca.

— Porém... — insistiu o menino, acostumado a sempre arranjar algum argumento, mesmo nas circunstâncias menos favoráveis — como a cidade pode estar na encosta da montanha, e não perto do rio como antes?

— Ela sempre esteve na encosta — o professor respondeu. E toda a classe concordou, pois os colegas tinham bom senso e não discutiam com uma pessoa que podia castigá-los.

— Mas veja os mapas — retrucou o garoto, que não se daria por vencido na discussão, por mais que estivesse por um fio.

O professor apontou o mapa na parede, e lá estava a cidade, na encosta da montanha! Ninguém além de Edmund compreendia que o choque de ser engolido pela dragoa claramente havia perturbado e desorientado todos os mapas.

Como sempre, o professor voltou a castigá-lo. Dessa vez, entretanto, explicou que não seria por espalhar mentiras, e sim pelo hábito vergonhoso de sempre argumentar. Isso nos mostra como era um homem intolerante e ignorante — bem diferente do admirável diretor da boa escola a que os seus bons pais fazem a gentileza de levá-lo.

◆ E. NESBIT ◆

No dia seguinte, o garoto pensou em provar seu relato por meio da cocatriz e convenceu algumas pessoas a entrar na caverna com ele — mas a criatura se trancara e não abria a porta. Mais uma vez, Edmund não conseguiu nada, exceto um castigo por ter dado com os burros n'água.

— Só vejo burro n'água... nada de cocatriz! — disseram.

E o pobre ficou sem argumentos, apesar de saber que estavam enganados. A única pessoa que acreditou nele foi a vovó, mas ela era meio caduca e muito bondosa, e sempre dizia que o neto era o melhor dos meninos.

Por fim, toda essa história rendeu uma única coisa boa: Edmund nunca mais foi o mesmo garotinho. Ele parou de discutir como antes e se tornou aprendiz de chaveiro para que, algum dia, pudesse destrancar a porta da cocatriz — e descobrir mais algumas coisas que as outras pessoas não sabem.

Hoje, ele já está bem velhinho, e ainda não conseguiu abrir a bendita porta!

Impressão e Acabamento
Gráfica Oceano